옴니버스 퇴사 에세이

회사 그만두고 어떻게 보내셨어요?

안미영 지음

종이
섬

차례

프롤로그 — 인생의 새 챕터를 앞둔 당신에게

지난봄, 나는 직장생활을 시작한 지 13년 만에 세 번째 퇴사를 했다. 그리고 안부를 나누는 지인들에게 퇴사 소식을 알렸다. 긴 장마가 끝난 뒤 내일부터 화창한 날씨가 이어질 거란 일기예보를 전하는 기상캐스터처럼, 최대한 밝은 목소리로. 먼저 그들은 내가 꺼내놓은 '빅뉴스'에 매우 놀라워했다. 그러곤 앞으로 어떤 계획이 있느냐고 질문을 했고, 그동안 고생 많았다는 말과 함께 재충전의 시간을 가지라는 인사를 건넸다. 생각보다 많은 사람들이 퇴사에 관한 이야기를 나누는 걸 좋아했다. 퇴사 이야기가 시작되면 한두 명씩 과거 자신의 이야기를 꺼냈고, 대화는 오래도록 이어졌다. 타인의 퇴사 사유를 흥미롭게 듣고, 때론 절절히 공감하며, 고단한 회사생활을 과감하게 끝낸 이를 통해 대리 쾌감도 느끼는 듯했다.

그런데 퇴사 소식을 알리며 서운한 마음이 들 때도 있었다. 내심 기대했던 축하를 건네는 이는 많지 않았으니까. 가까운 이들의 반응에 뜻밖에도 조금 상처를 받았다. '그 좋은 회사를 왜 나왔니', '꼬박꼬박 월급 받는 생활이 편하거늘', '결혼도 안 했는데 직업도 없으면' 등 노골적으로 드러내진 않았지만 걱정하는 뉘앙스가 느껴졌다. 그럴 때는 당당하게 퇴사를 알리던 태도가 나도 모르게 수그러들며 기가 눌렸다. 하긴, 당연한지도 모르겠다. 요즘처럼 여러 업계에서 어렵다는 하소연이 끊임없이 터져 나오는 시대에 가까운 사람이 고정적 수입이 있는 직업을 버리고 불안정한 상황에 뛰어드는 것을 좋은 마음으로만 바라볼 수 없는 것은. 그런 면에서 지인들의 반응과 염려는 꽤나 솔직한 것이었다. 하지만 그럼에도 여전히 이런 생각은 남는다. 다음 거처를 정하지 않고 회사를 나온 이는 막막한 미래를 불안해하며 '하루빨리' 자신을 설명할 새로운 타이틀을 찾아 나서야만 하

6

는 건가? 이제는 쉬어가는 시간에 대해서도 가치를 부여할 만한 시대가 되지 않았나?

어떤 일을 매듭짓고 새로운 일을 시작하기 전까지의 시기를 '이행기(移行期)'라고 한다면 나는 직장인이 된 후 두 번의 이행기를 거쳤고, 현재 세 번째 이행기를 지나고 있다. 한 번도 갈 곳을 정해둔 채 떠난 적이 없었다. 20대 후반에 첫 직장을 그만뒀을 때는 4개월 정도 쉬었다. 운동과 명상을 하며 오직 몸과 마음을 돌보는 시간. 그러고 나니 어느덧 다시 이력서를 준비하고 포트폴리오를 정리해볼 의지가 생겼다. 두 번째 퇴사는 30대 중반의 일이었다. 그때는 런던행 항공권을 끊어둔 채 출국 준비를 하며 일을 마무리했고, 많은 이들에게 축하를 받으며 퇴사했다. 사람들은 외국에서 1년간 살아보고 여행하며 쉬는 시간을 가지고 돌아오겠다는 나의 계획을 응원해줬다. 삶의 거처를 낯선 곳으로 옮겨

보겠다는 용기에 박수를 쳐줬던 것 같다. 그에 비하면 30대 후반, 별다른 계획 없이 세 번째 퇴사를 한 내 모습은 꽤나 무모하고 위태로워 보였을지도 모르겠다.

내 경우에는 퇴사 때마다 그 이유가 각기 달랐고, 퇴사 이후의 시간도 모두 다른 방식으로 보냈다. 그럼에도 세 번의 퇴사를 관통하는 공통점이 하나 있다. 다시 일해야겠다는 에너지가 충분히 차오를 때까지 무리하지 않았다는 것. 그렇다고 해서 마음이 여유로웠다고는 말할 수 없다. 또다시 괜찮은 직장을 구할 수 있을까, 좋아하는 일을 하면서 부족하지 않다고 생각될 만큼의 돈을 벌 수 있을까, 너무 오래 쉬는 게 지금까지 쌓아온 커리어에 오점이 되지 않을까 하는 불안감도 있었다. 조금 불안하지만 무리하지 않는 시간. 그 시간 속에서 자연스럽게 나의 현재 상황과 지난 직장에서 나를 즐겁거나 괴롭게 했던 것들에 대해 한 걸음 물러나

ㅎ

회사 그만두고 어떻게 보내셨어요?

바라보았다. 나의 현재 좌표를 가늠해볼 수 있는 것만으로도 의미가 있었다. 회사를 다닐 때는 마감의 반복 속에서 그것조차 생각할 여유가 없었으니 말이다.

평생직장의 개념이 사라진 시대에 퇴사는 누구나 겪는, 그다지 별스러운 일이 아닐 수 있다. 하지만 한 개인에게는 인생의 다음 챕터로 넘어가는 커다란 전환점이 되기도 한다. 한순간 회사 밖으로 내동댕이쳐진 것처럼 갑작스럽고 준비 없는 퇴사라 할지라도, 그 이후에 벌어지는 일들을 겪어내고 찬찬히 자기객관화의 과정을 거치다 보면 다음 단계로 나아갈 만한 에너지를 얻을 수 있다. 그런 면에서 퇴사라는 큰 결정만큼이나 중요한 건 퇴사 이후부터 새로운 일을 시작하기 전까지의 시간을 어떻게 보내는가가 아닐까.

세 번째 퇴사를 하고 주위 사람들의 반응을 보면서 다른 사람들의 이야기가 듣고 싶어졌다. 회사를 그만두고 어떤

9

시간을 보냈는지, 해방감과 즐거움, 고독감과 불안감 등 다양한 감정의 소용돌이를 어떻게 거쳐왔는지. 다양한 커리어를 가진 사람들을 만나 인터뷰하며 그들에게 퇴사 이후 시간에 대한 정답 없는 질문을 던졌다. 쉬면서 새로운 길을 발견하고 커리어 전환을 시도한 이도 있었고, 좋아하는 것을 파고들며 마음 가는 대로 하고 싶은 공부를 한 이도 있었다. 회사에 바친 열정을 취미생활로 돌리며 '덕후'로서의 일상을 누린 사람, 긴 시간 여행을 다닌 사람, 마음공부에 매진하며 스스로를 들여다본 사람…… 모두 나름의 방식으로 이행기를 보냈다.

이 책은 퇴사 이후의 시간을 어떻게 보내는 게 효율적인지 알려주는 자기계발서가 아니다. 다양한 인물들이 그 어느 때보다 소중했던 인생의 한 시기를 어떻게 보냈는지, 새로운 커리어를 시작한 경우에는 그 쉬는 시간이 어떤 영향

회사 그만두고 어떻게 보내셨어요?

을 미쳤는지, 그 과정에서 일과 삶에 대해 무엇을 느끼고 생각했는지 공유하는 책이다. 인터뷰이들의 솔직한 이야기 속에는 적나라한 퇴사 사유부터 개인사에 얽힌 이야기까지 포함되어 있어 실명은 표기하지 않았다. 지금 퇴사를 결심한 채 그 시간을 앞두고 있다면, 혹은 그 시간을 흔들리며 보내는 중이라면, 이 책에서 만난 인물들에게 위로나 조언이 될 만한 메시지를 얻을 수 있을 것이다.

커리어와 커리어 사이의 시간을 가치 있게 보내야 좀 더 단단해진 모습으로 다음 단계를 향해 나아갈 수 있다. 여기서 '가치 있다'는 말이 눈에 보이는 생산적인 무언가를 뜻하는 것은 아니다. 쉬어가는 시간을 통해 예전보다 자신을 조금 더 잘 알게 된다면 그것도 아주 큰 성과이니 말이다.

2017년 12월, 안미영

13

다시, 좋아하는 것을 찾는 시간

세계적 뮤지션들의 음반을 발매하는 회사에서 마케팅 업무를 하던 A과장이 회사를 그만두기로 결심했다. 누적된 피로와 스트레스로 인한 건강 이상 때문이었다. 호르몬 불균형으로 충분한 휴식이 필요하다는 의사의 소견도 있었지만 사실 그것은 회사에 사직서를 제출하면서 이야기한 '표면적' 사유였다. 많은 직장인들이 그렇듯 그녀 역시 퇴사 사유를 단 한 가지로 요약할 수 없었다. 어느 한순간 충동적으로 사직서를 쓴 것도 아니었다. 그럼에도 '건강상의 이유'를 들이민 건 그동안 불만을 갖고 일해온 사람이란 이미지를 남기기 싫어서, 퇴사 시점 등을 두고 벌어질 게 분명한 '밀당'을 최소화해 일찍 떠나고 싶은 마음에서였다.

첫 직장을 작은 음반회사에서 시작해 이후 업계에서 인정받는 회사로 옮기며 총 7년의 경력을 쌓은 그녀. 열심히 일한 만큼 인정받았고, 엔터테인먼트 업계의 특성상 진급도 빨라 30대 초반의 나이에 과장 직급을 달았다. 하지만 묵묵히 일하며 견뎌온 시간 동안 쌓인 스트레스는 어마어마했다. 신입 직원 시절에는 '이 모든 일을 잘 해내면 성장할 수 있겠지', '진급도 잘되겠지' 하는 생각으로 버텼지만, 3년차

15

이후에는 스스로를 망가뜨리면서 일한다는 생각이 들 만큼 물리적인 업무량이 많았다. 일을 제대로 해내기 위해 어쩔 수 없이 한 시간 일찍 출근하고 자정이 넘어 퇴근했고, 주말 출근도 잦았다. 미래에 대해 꿈꾸고 생각할 시간조차 없이 일에 치여 살아가다 보니 앞으로 후배들에게 어떤 상사가 돼야겠다는 그림을 그릴 수 없었고, 어떤 목표를 가지고 더 나아가야겠다는 생각 같은 것도 하지 못했다. 그만두기 얼마 전에 이런 상황을 개선해보려 상사에게 이야기를 꺼냈지만 당혹스러운 반응이 돌아왔다. 과장 직급을 달고 있는 중간관리자로서 할 소리가 아니라는, 어리광부리지 말라는 식의 대답이었다. 이럴 때 도움이 되는 조언을 해주는, 믿고 따를 만한 롤모델이 내부에 없다는 것도 아쉬운 부분이었다. 특히 그 회사에는 가정을 꾸리고 아이를 키우면서 직장생활을 해나가는 여자 상사가 거의 없었다. 그래서 그녀는 자신의 상황을 바꿀 '큰 액션'이 필요했다. 바로 7년간의 직장생활을 마무리 짓는 것이었다.

달리 보면 A과장의 직장생활은 마침내 꿈의 직업을 가진 뒤 좋아하는 일을 해온 시간이기도 했다. 고등학교 때부

16

터 음악이 너무 좋아 음반회사에서 일하고 싶다는 꿈을 가지고 있었고, 대학 졸업 후 오직 그 분야에만 지원해 원하는 일을 하게 됐다. 그랬지만 퇴사를 결정하며 인정할 수밖에 없었다. 화려한 업계일수록 더 크게 존재하게 마련인 열정페이를 그동안 스스로 합리화해왔다는 사실을. 좋아하는 일을 상식적인 선에서 할 수는 없을까? 이 질문은 새로운 일을 찾는 데 있어 중요한 지침이 됐다.

얼마 후 그녀는 스리랑카행 비행기에 올랐다. 회사를 그만둔 지 5개월 만이었다. 그사이 음악만큼, 혹은 음악 다음으로 좋아하는 것이 무엇일까 생각하며 쉬는 시간을 가졌다. 읽고 싶은 책을 마음껏 읽었고, 인터넷에서 정보를 얻어 북카페의 행사와 서점투어 같은 이벤트에 참여했고, 마음 가는 대로 듣고 싶은 강연을 신청해 들으러 다녔다. 그 과정에서 새로운 사람들을 만나며 환상만으로 무모하게 도전해선 안 된다는 배움을 얻었고, 실제로 어떤 일이 가능할지 천천히 가늠해보게 됐다.

스리랑카에 가기로 한 건 2년 전 그곳에서 한국어 교사로 일하고 있는 동생을 만나기 위해 가족여행으로 방문한

17

뒤 좋았던 기억과 아쉬운 마음이 있었기 때문이었다. 당시에는 동생을 만난다는 목적 외에는 썩 내키지 않는 여행지였으나 다녀오니 자연 속에서 진정으로 힐링한 느낌이 남았다. 무엇보다 그곳에서 처음으로 홍차의 매력을 알게 됐다. 언젠가 스리랑카에 다시 간다면 티하우스를 제대로 둘러보고, 지난번에는 잘 몰라서 마셔보지 못했던 다양한 차를 접해보겠다는 다짐을 했기에 여유가 생기자 주저 없이 항공권을 예매했다.

이번에는 막연한 마음을 발전시켜 차와 함께 어떤 일을 할 수 있을지 구체적으로 생각해보고 싶었다. 스리랑카에서는 마치 보리차를 마시듯 일상적으로 차를 마시고, 심지어 대학교에서도 중간에 차 마시는 시간을 따로 가지고 있었다. 그런 환경에 머물며 그들처럼 차를 마시다 보니 어느 순간 그것이 곧 편안하게 일상 속 여유를 누리는 한 방식이란 걸 이해하게 됐다.

스리랑카에 가보기 전에는 홍차라면 립톤이란 고유명사 정도만 떠올리고 스타벅스의 티 종류만 익숙하게 알고 있던 수준이었지만 그곳을 다시 찾아 한 달 가까이 시간을 보

18

회사 그만두고 어떻게 보내셨어요?

내면서 산지의 고도에 따라 풍미가 다른, 테루아(Terroir)의 차이를 느끼게 됐다. 한국으로 돌아와 어느 정도 차에 대한 공부를 하고 나니 내친김에 해외에서 보다 깊이 있게 공부해 '티 소믈리에'라는 직업에 도전해보고 싶은 마음이 생겼다. 스리랑카는 차를 생산하고 일상적으로 즐기는 데 비해 교육 프로그램을 체계적으로 갖춘 곳을 찾기 어려웠다. 유럽으로 넘어가기로 했다. 영국과 프랑스의 여러 곳을 알아본 뒤 런던 'UK Tea Academy'의 티 소믈리에 과정을 신청했다.

그녀가 런던에서 보낸 3주는 그야말로 차를 통해 또 다른 세계를 만나는 시간이었다. 한국에서 공부한 것과 커리큘럼이 절반 정도는 겹쳐 나름대로 자신이 있었지만 영어로 수업을 듣고 시험을 통과해야 한다는 긴장감이 있었다. 다양한 국적의 수강생들도 자극이 됐다. 티 농장의 소유주나 트와이닝스(Twinings), 포트넘 앤 메이슨(Fortnum & Mason) 같은 티 브랜드에서 근무하는 사람들이 차를 배우기 위해 모여 있었다.

특히 영감을 준 존재는 강사인 노년의 티 마스터였다.

차 한 잔을 앞에 두고 아로마를 진심을 다해 즐기고 그 감정을 공유하는 모습이 참 아름다웠다. 음반업계에서 7년간 만나지 못한 롤모델을 마침내 티 업계에서 만난 것 같은 기분이었다. 그런 존재와 함께 차를 마시니 차의 매력을 보다 깊이 이해하게 되고 차를 더 좋아하게 됐다. 티 마스터의 열정에 절로 전염이 됐다. 그래서였을까. 그녀는 머물던 숙소 근처에 있는 명소 애비로드에도 나가보지 못했을 만큼, 관광은 포기한 채 수업과 시험 준비에 집중했다. 그리고 3주 후 마침내 티 소믈리에 자격 시험을 통과했다.

수업을 들으면서 그녀는 놀라운 경험을 했다. 한국차를 시음할 때, 네덜란드 출신의 수강생이 '한국차가 이렇게 맛있는데 왜 그렇게 홍차를 좋아하느냐'고 질문한 것이다. 티 마스터도, 호불호가 나뉘는 일본차에 비해 한국차는 대부분의 사람들이 좋아하는 차라고 설명해주었다. 한국차에 대해 잘 모르고 홍차 위주로만 공부해왔구나 싶어, 앞으로 한국차를 잘 배우고 나눠야겠다 생각했다. 함께 수업을 들었던 아홉 명의 수강생들은 각자의 나라와 일상으로 돌아갔지만 현재 페이스북 그룹을 만들어 소식을 공유하고 있다.

한국에 돌아온 그녀는 더 이상 어느 회사의 A과장으로 돌아갈 마음이 없었다. 자격증을 취득해 온 만큼, 티 소믈리에로서 완전히 새로운 커리어를 쌓고 관련 강의도 하고 싶었다. 티 강의를 하는 유명한 강사들 중 30대는 거의 없었기에 또래의 젊은 사람들에게 티를 알리는 데 자신의 나이가 경쟁력이 될 수 있겠다고 생각했다. 대신 차에 대한 고루한 이미지를 떨쳐버리기 위해 신선한 방식으로 접근해야만 했다. 고민하다가 떠오른 것이 '영상'이었다. 강의 영상을 시리즈로 만들어 공개하면 다른 강사들과 다른, 자신만의 차별화된 콘텐츠가 될 수 있을 것 같았다.

영상 제작은 그전까지는 단 한 번도 생각해보지 못한 일이었기에 그 또한 하나의 도전이었다. 때마침 가까운 지인으로부터 경기도 콘텐츠진흥원에서 '1인 크리에이터'를 선정해 지원하는 공모전이 있다는 정보를 접했다. 생각지도 못했던 공모전 소식이었지만 한번 지원해보는 게 어떻겠느냐는 지인의 권유에 따라 커리큘럼과 기획안을 만들어 보냈다. 서류는 1차 합격했고, 영상의 콘셉트와 구체적인 수업 방식에 대해 설명하는 프레젠테이션을 거쳐 1인 크리에

다시, 좋아하는 것을 찾는 시간

이터로 최종 선정됐다. 영상을 제작할 수 있는 지원금을 받게 된 것이다.

그녀는 10여 분 분량의 영상 총 15편을 촬영하며 지난 회사를 그만둔 지 9개월 만에 티 소믈리에로서 첫 번째 프로젝트를 진행했다. 지원금을 받아 스튜디오를 빌리고 소품도 직접 준비한 뒤 난생처음 전문적인 메이크업을 받고 카메라 앞에 섰다. 눈앞에 실제 학생이 아닌 카메라를 두고 혼자 강의를 하는 일이 처음엔 어색했지만 몇 편을 촬영하고 나니 많이 익숙해졌다.

그녀의 영상은 차를 처음 접하는 사람에게 친절하게 다가갈 수 있도록 쉽고 기본적인 내용을 자세하게 설명한다. 유튜브에 영상이 공개되자 가장 큰 반응을 보여준 이는 아버지였다. 다른 회사에 언제 갈지, 이력서는 내고 있는 건지, 도대체 뭘 하고 있는 건지 계속 걱정하셨는데 영상을 보신 뒤 안심하시는 듯했다. 지인들도 놀라워했다. 특히 예전 회사의 한 직원이 그녀의 영상 링크를 사내에 돌렸는데, 그걸 본 부사장이 직접 연락을 해, 새로운 출발을 축하한다고, 잘됐으면 좋겠다고 응원의 말을 건넸다. 너무도 감사했고

22

더 열심히 해야겠다는 생각이 들었다.

영상을 올리면 조회수가 금세 수천 회씩 올라가곤 했다. 많은 사람들이 댓글을 달았다. 차에 대해 관심을 가지고 배우고 싶어 하는 사람들이 예상보다 많다는 게 느껴져 동기부여가 됐다. 영상 촬영을 한 경험이 좋은 리허설이 되어, 오프라인 강의도 좀 더 자연스럽게 할 수 있으리란 자신감도 생겼다. 온라인 영상 강의는 사람들이 차에 대해 흥미를 가질 수 있도록 가볍게 진행했다면, 오프라인에서는 좀 더 심도 있는 강의를 할 예정이다. 완전히 다른 분야에서 새로운 커리어를 만들어가며 그녀는 오랜만에 열정과 설렘을 다시 느끼고 있다.

일과 꿈을 연결하기

음악을 좋아했지만 음악 소리조차 위로가 되지 않을 만큼 지친 상태로 출퇴근을 반복하던 시절. 그때와 비교해보면 지금 그녀는 자발적으로 내면의 창조성을 이끌어내는 어떤 동력을 찾은 것만 같다. 그렇다면 자연스럽게 이런 질문에 다다른다. 그 동력은 어디로부터 오는 걸까?

'무엇이 우리를 일하게 하는가?' 하는 것은 중요한 화두다. 매달 통장에 찍히는 숫자가, 혹은 명함에 찍혀 있는 근사한 타이틀이 우리를 움직인다고 해도 틀린 대답은 아닐 것이다. 그러나 직장생활을 해본 이라면 누구나 그것이 전부가 아님을 알고 있다.

A과장은 시스템의 한계를 느끼고 퇴사할 당시, 앞으로 음악만큼 더 좋아하는 것을 찾을 수 있을까를 고민했다. 차에 대해 어느 정도의 호기심이 있었지만 그것은 막연했다. 하지만 공부하며 알아가다 보면 뭔가 보이지 않을까 하는 마음으로 떠난 여정에서, 그녀는 새로운 길에 대한 확신을 가질 수 있었다. 많이 배운 것은 물론이고, 구체적으로 어떤 일을 하고 어떤 사람이 되어야겠다는 생각까지 하게 됐다. 차라는 아이템과의 만남, 차에 대한 열정이 생긴 것이 곧 그녀를 다시 일하게 만든 강력한 동력이 된 셈이다.

9개월간 다음 커리어로 자연스럽게 나아간 그녀의 여정을 따라가보면, 매사를 계획하고 그 계획에 맞추기 위해 스스로를 옭아매는 것이 꼭 좋은 결과로 이어지는 건 아닌 듯

24

하다. 그녀는 쉬는 동안 큰 불안감은 없었다고 말한다. 불안을 부추기는 건 스스로가 아니라 주위 사람들의 말이었다. 무작정 그만두면 경력이 단절될 텐데 어쩔 생각이냐며 한마디씩 보태는 염려 어린 말이 괜한 불안감을 만들곤 했다. 하지만 중요한 건 타인의 시선과 생각을 접어두고 스스로의 마음 상태를 돌아보며 자기 중심을 지켜가는 것이다.

또 한 가지, 그녀는 스스로가 생각했던 것보다 훨씬 긍정적인 사람이라는 걸 퇴사 후에 알게 됐다고 고백한다. 퇴사한 바로 다음 주, 집 근처 카페에 앉아 커피 한 잔과 책 한 권을 앞에 둔 그 순간 그녀는 몸이 붕붕 뜨는 것 같은 행복감을 오랜만에 느꼈다고 한다. 단순한 해방감일까 싶었지만 이후 출근하지 않는 나날이 한동안 계속돼도 그리 전전긍긍하진 않았다. 경제적인 어려움이 없음에도 퇴사 후 단 한 달도 마음 편히 보내지 못하고 이력서를 돌리는 이들과 비교하자면 꽤나 여유로운 태도다. 어쩌면 그녀는 그런 태도 덕분에 차라는 여유로운 아이템과 만날 수 있었는지도 모르겠다.

노동에 대한 가치관이 바뀐 것도 9개월간의 큰 변화다.

25

티 소믈리에로 활동하며 티 업계에서 직장인이 될 수도 있겠지만 이제 그녀는 직장생활을 하지 않고 자신의 일을 해나갈 생각이다. 결혼과 육아에 있어 한국의 환경이 여성에게 많이 불리하다는 것을 끊임없이 느껴왔기에 지금부터 자신의 일을 탄탄하게 다져놓고 일과 생활을 유연하게 병행하는 방향으로 계획을 세웠다. 티 소믈리에 활동과 강의가 자리를 잡으면 직접 티룸을 운영하고 싶은 마음도 있다. 커리어 전환 끝에 다시 일과 미래에 대한 꿈을 가지게 된 것이다.

회사 그만두고 어떻게 보내셨어요?

Think — 사람

직장생활을 하면서 '상사복'이 있다고 자부하는 사람을 많이 만나보지 못했다. 반대로 상사복도 없다고 한탄하는 사람은 좀 더 자주 봤고, 상사가 퇴사 사유 중 일부가 된 경우는 많았다. 어떤 상사가 좋은 상사일까?

신입으로 입사해 몇몇 상사를 겪고 시간이 흘러 나 역시 누군가의 상사가 되면서 윗사람의 역할에 대해 고민해보는 시간이 많았다. 회사 일에 별 관심이 없고 모든 일을 팀원들에게 떠넘기는 무책임하고 무능한 상사 때문에 괴로웠던 적도 있었고, 매우 유능한 상사를 만나 마음속으로 조용히 롤모델로 삼은 적도 있었다. 함께 일한다는 것 자체로 내가 매일 성장하고 있다는 느낌을 받는 상사도 만났다. 저 사람처럼 되어야지, 혹은 절대 저 사람처럼 되지 말아야지 하는 마음을 수없이 먹었던 것 같다. 회사를 그만두고 싶은 순간에 믿고 따를 수 있는 좋은 상사 덕분에 힘든 상황을 견디고 넘긴 적도 있다.

경력 5년차 정도였던 서른 즈음엔 좋은 상사와 나쁜 상사의 기준을 어떤 디렉션을 주느냐로 판단했다. 하지만 시간이 흐를수록 생각이 달라졌다. 방향을 잘 제시해주는 사람이 당연히 좋은 윗사람일 수는 있으나 그것이 전부는 아니다. 능력이 뛰어나 업무적으로 후배들을 잘 이끌어주고, 훌륭한 인품으로 아랫사람에게 귀감이 되는 사람은 많지만 어쩌면 완벽하게 좋은 상사란 처음부터 존재하지 않는지도 모른다. 어차피 각자가 회사와 계약 관계에 있는 사람들이니 너무 큰 기대는 하지 않는 게 좋겠다는 결론에 이르렀다.

상사를 포함해 함께 일했던 사람들과 어떤 관계로 지냈든, 회사를 그만둘 때는 좋게 이별하는 게 중요하다. 회사와 상사의 착취나 폭행 등의 추한 일로 치열한 싸움을 해야 하는 경우가 아니라면 유종의 미라는 관용적 표현은 퇴사자들에게도 당연히 적용된다. 퇴사를 결심하기까지 숙고했던 시간을 생각하면 마침내 결정을 내리고 행동하기로 했을

다시, 좋아하는 것을 찾는 시간

땐 이미 회사로부터 마음이 떠났을 법하지만, 유종의 미를 거두기 위한 노력은 사실상 그때부터 시작된다.

얼마 후면 곧 '예전 직장'이 되어버릴 그곳을 위해 얼마나 더 노력해야 할까 싶지만, 할 수 있는 한 마지막까지 최선을 다한 뒤 나와야 한다. 세상이 좁아 업계에서 다시 얽힐 확률이 높기 때문만은 아니다. 그것이 스스로의 지난 시간과 열정에 대한 예의이기 때문이고, 회사를 벗어나고 업무가 끝나더라도 사람은 남기 때문이다.

세 번째 퇴사를 한 뒤 가장 먼저 한 일은 오랫동안 보지 못했던 사람들을 만나는 일이었다. 십수 년간 업무적으로 인연을 맺은 사람들과 아무런 목적 없이, 그저 보고 싶어서 보는 만남을 가졌다. 몇 년 만에 얼굴을 마주하는 이들도 있었는데 그사이에 업무적 관계가 어느덧 진솔한 이야기를 나눌 수 있는 편안한 인생 선후배의 관계로 발전해 있었다. 퇴사 후 한동안 일주일에 두세 번씩 점심 약속을 가지던 중에, 두 번째 회사의 상사와도 만났다. 이른바 '퇴사 면담'

을 하며 얼굴을 붉힌 채 마주 앉았던 기억이 남아 있었지만 그곳에서의 퇴사가 나쁜 이별은 아니었기에 웃으며 근황을 나눌 수 있었다.

오랜만에 연락했을 때 '밥 한번 먹어요'로 답해주는 어른이 있다는 건 감사한 일이다. 그 어른은 한때 나의 회사생활을 지켜봤고 나의 성향을 잘 아는 예전 상사일 수도 있다. 퇴사로 인해 회사와의 계약 관계가 끝나더라도, 사람과의 인연은 끝나지 않는다. 아름다운 마무리는 새로운 관계로의 전환을 이끌어주기도 한다.

다시, 좋아하는 것을 찾는 시간

2
자연 속에서 배우는 시간

트렌디한 소식을 남들보다 먼저 접하고 기사를 쓰며, 화보 촬영을 기획해 근사한 비주얼을 만들어내는 잡지 에디터. 많은 이들이 선망하는 직업이다. 잡지를 좋아하고 패션, 요리, 문화 등에 관심이 많아 '잡지쟁이'가 되고 싶었던 K씨는 한 패션 매거진에서 어시스턴트로 일하며 잡지와 인연을 맺었다. 그녀의 주요 업무는 선배 에디터들의 취재와 촬영 돕기. 공석이 생겨 정식 에디터가 되기 전까지 선배들의 보조 역할을 하며 일을 배워나가는 것이었는데 그 시간도 좋았다. 처음에는 패션 에디터에 관심이 있었지만 일을 하면서 여행이나 음식 쪽에도 관심이 생겼고, 다양한 분야의 사람들을 만나면서 관심의 폭이 더 넓어졌다.

패션 매거진에서 2년 가까이 어시스턴트로 일한 뒤에도 자리가 나지 않자 분야를 바꿔 라이프스타일 매거진에 정식 에디터로 입사했다. 그곳에서 3년 넘게 근무했다. 에디터 생활은 재미있었고 동료들과도 잘 지냈다. 그런데 스스로의 내면을 채우지 못한 채 계속 무언가를 꺼내놓아야 한다는 점이 아쉬웠다. 늘 새로운 것을 접하고 다른 사람들이 쉽게 할 수 없는 여러 가지 경험을 했지만 아이러니하게도

자연 속에서 배우는 시간

그것을 자신의 것으로 만들 여유가 없었다. 매달 지친 상태로 마감을 하면서 가진 것이 다 소진되어가고 있다고 느꼈다. 내면에 쌓인 경험이 적으니 많은 취재원들을 만나고 기사를 써도 어쩐지 글의 깊이가 얕은 것 같았다. 삶의 경험을 더 채우고 싶다는 갈증과 함께 새로운 일을 해보고 싶다는 생각이 싹텄다. 구체적이지는 않았지만 자연과 함께하는 일을 하고 싶었다.

자연, 나무, 숲, 시골 등에 대한 동경은 오래전부터 있었다. 어릴 땐 나중에 과수원을 하면서 살고 싶다는 말을 입버릇처럼 하기도 했다. 마감 기간, 글이 잘 써지지 않을 때마다 잠시 사무실을 벗어나 주택가 담장 밖으로 넘어온 나무 아래를 걷는 것으로 위안과 평온을 얻었다. 남들은 그게 무슨 재미냐 싶은 눈으로 바라봤지만 그녀는 큰 나무가 있는 곳이나 가로수가 줄지어 선 고요한 길에서 초록을 만나는 시간이 참 좋았다. 짧은 시간 동안 누리는 기쁨이었지만 사무실에서 받는 스트레스가 풀리는 듯했다. 때마침 로컬 푸드나 도시 농부에 대한 이야기가 화두로 떠올랐다. 요리 취재차 셰프들을 만나면서 건강한 식재료에 대한 그들의 철

36

학을 접한 것도 좋은 경험이었다. 도시 농부들을 만나 이야기를 나눌 땐 언젠가 그렇게 되고 싶다는 생각에 설레었다.

자신이 접하는 많은 것들이 차곡차곡 쌓여 자꾸만 자신을 세게 치고 흔드는 느낌이 들자 그녀는 회사를 그만둬야겠다고 생각했다. 그녀를 아끼는 선배들은 3년을 넘기고 그만두는 그녀에게 '조금만 더 해보지'라며 아쉬운 반응을 보였다. 에디터로 5~10년 정도 경력을 쌓으면 좋은 인맥이 생겨 다른 일을 하는 데 도움이 될 거라는 조언도 해줬다. 하지만 자연과 관련된 일을 하고 싶다는 생각과 새로운 인풋이 필요하다는 갈증으로 그녀는 잡지업계를 떠났다.

구체적인 계획은 없었지만 목적이 분명한 퇴사였기에 불안보다 설렘이 훨씬 컸다. 자연스럽게 그녀의 발길은 시골로 향했다. 구례, 논산, 제주 쪽의 시골로 일주일씩 짧게 여행을 떠났다. 농사짓는 일을 배워보고 싶어 여기저기 정보를 찾아봤다. 의외로 도시농부학교가 곳곳에 있어 쉽게 수강할 수 있었다. 일주일에 두 번씩, 두 달 동안 도시농부학교에 다니며 도시에서 경작활동을 하는 법을 배웠다. NGO 단체에서 시민들에게 텃밭을 분양해준다는 소식을

37

접하곤 집 가까운 곳에서 간단한 농사도 지어봤다. 하고 싶은 것에 대해 찾아보면서 오히려 잡지 에디터 생활을 할 때보다 살아 있는 정보를 폭넓게 접했다.

관심은 본격적으로 공부를 하는 쪽으로 이어져 영국에 가서 가드닝을 공부하는 건 어떨까 생각도 했다. 하지만 원래 전공이 그쪽이 아니다 보니 유학원에서 복잡한 과정을 권했다. 쉽게 엄두가 나지 않아 우선 현장 경험을 쌓는 쪽으로 방향을 틀어, 도시의 녹지를 확대하고 보존하는 일을 하는 비영리 재단에 청년인턴으로 들어갔다. 시민들과 함께 녹색 도시를 만든다는 취지를 가진 단체로, 비전에 공감하면 전공과 무관하게 일할 수 있었다. 그녀는 지역 주민들을 만나 자연친화적인 동네를 함께 만들자고 설득하면서 동네 꽃 축제를 기획했다. 식물을 통해 기쁨을 느끼는 그녀로서는 그 주제로 누군가와 이야기를 나눌 수 있어 행복했다. 평범한 동네 주민들을 만나 우리 주변의 식물에 대한 소박한 이야기를 나누면서, 전문가들을 취재했던 잡지 에디터 때와는 또 다른 즐거움을 느꼈다.

기간제 인턴이었기 때문에 9개월간의 근무 기간이 끝나

자 선택의 순간이 찾아왔다. 다시 지원해 같은 일을 계속할 수도 있었고, 일하면서 알게 된 환경단체로부터 함께 일하자는 제안을 받기도 했다. 그러나 무엇보다 이 분야에 대해 더 많이 배우고 내공을 쌓는 게 우선이라 판단했다. 고민 끝에 그녀는 수목원에 들어가 살아보기로 했다. 국내 몇몇 수목원에서는 산림청의 지원으로 1년간 숙식을 제공하는 '수목원 전문가 양성 과정'을 운영하고 있다. 퇴사 직후에도 지원해보고 싶었지만 전공자이거나 관련 기관에서의 경력이 필요했다. 인턴 경험을 쌓았으니 이번에는 가능할지 모른다는 기대를 가지고 지원했고, 다행히 선발돼 기회를 얻었다.

수목원이 자리한 곳은 태안이었다. 1년간 수목원에 들어가 생활한다는 큰 결정을 했을 때 마음에 걸리는 건 단 한 가지, 나이였다. 대부분이 전공자들로, 휴학 상태로 경험을 쌓기 위해 도전한 대학생들인데 30대 초반의 자신은 나이가 너무 많지 않을까. 들어가보니 전국에서 25명의 동기들이 모였는데 여자들 중에선 그녀가 가장 나이가 많았다. 하지만 함께 지내고 일하는 데는 나이가 전혀 중요하지 않았다. 전문가 양성 과정을 밟는 동기들 모두가 수목원에서 일

39

어나는 다양한 업무를 함께 경험하는 일꾼들이었다. 다른 일을 하다 왔으니 혹시 수목원을 쉬어가는 곳으로 생각하거나 구경하러 온 건 아닐까, 우려의 시선을 보내는 이들도 있었지만 그 또한 잠시뿐이었다. 진지한 태도로 열심히 실습에 임하니 오해는 금방 사라졌다.

1월부터 12월까지 수목원의 사계절을 직접 경험해보는 것은 정확히 그녀가 원했던 현장 경험이었다. 생각보다 체력이 많이 요구되는 일이었지만 이런 시간을 언제 또 가질 수 있을까 싶을 만큼 소중한 것들을 배웠다. 식물팀, 자원팀, 홍보팀 등 수목원의 각 파트에서 업무를 익혔는데 수목원 직원들이 강사 역할을 하며 전문적인 이야기와 수목원에서 쌓아온 경험을 들려줬다. 한 달에 두 번 정도는 뜯어 온 식물을 보며 어떤 것인지 구별하고 동정(同定)하는 시험을 봤다. 종자를 관리하거나 정원을 조성하는 등 현장에서 흙을 파고 나무를 옮기는 작업도 많았다. 한 번에 큰 삽을 네다섯 개씩 옮겨야 할 때는 마음과 달리 힘에 부쳐 몸이 열정을 따라가지 못했다. 실제로 사람들은 키가 작은 그녀를 약하게 보기도 했다. 다행히 몇 달이 지나자 기숙사 사

40

감으로부터 처음보다 몸이 많이 다부져지고 자세가 꼿꼿해졌다는 이야기를 들었다. 좋은 공기 속에서 흙과 식물을 만지며 건강해진 덕분인 듯했다.

수목원에서의 삶은 온전히 자연 속에서 보내는, 조금은 비현실적인 시간이었다. 초반에는 2주나 한 달에 한 번 정도 휴가를 사용해 집에 다녀왔지만 봄이 시작되고 수목원 일이 많아지자 점차 외부로 나가는 일이 줄었다. 수목원이 집처럼 편안해진 것이 가장 큰 이유였다. 버스터미널에서도 한 시간을 더 들어가야 하는 '우리만의 섬' 같은 곳에서 동기들과 함께 일하고, 산책하고, 일과가 끝나면 노을을 보기 위해 바다 쪽으로 뛰어나갔다. 직장생활을 할 때는 상상조차 할 수 없었던 꿈 같은 일상이었다.

아침부터 저녁까지의 수목원은 분명 일터였지만 밤과 새벽에 그곳을 돌아볼 때면 외부와 닿지 않는 신비로운 자연의 세계에 와 있는 듯했다. 그 세계에서는 외롭지 않았다. 사람이 없어도 환한 달빛에 의지해 길을 찾았고, 운이 좋으면 숲속에서 반딧불이를 만났다. 마음 맞는 동기 한두 명과 별이 쏟아지는 장면을 공유하기도 했다. 밤에 자려고 누우

자연 속에서 배우는 시간

면 고요한 어둠 속에서 벌레 소리, 파도 소리, 바람 소리가 들려왔다. 주변에서 들려오는 자연의 소리를 들을 땐 엄청난 축복을 얻은 것 같았다. 이 시간이야말로 인생에서 다시 못 누릴 순간이 아닐까. 자연 속에 있다는 사실에 진심으로 감사했고, 행복했다.

유토피아 같은 공간이었지만 현실적인 배움도 컸다. 나무를 좋아한다고는 해도 잘 안다고 할 수는 없었는데 수목원에서 1년을 보내고 나니 자연의 일부가 되어 나무와 사계절을 함께한 느낌이었다. 그곳이든 다른 곳이든 수목원에서 계속 일하고 싶어 이력서를 넣어봤지만 채용이 되지 않았다. 수목원 측에서는 아무래도 체력적인 이유로 남자를 선호하는 듯했다. 그녀가 잡지사에서 일했던 것을 아는 수목원 직원들이 홍보팀이나 정원 관련 미디어를 제안하기도 했지만 그녀는 현장에서 일하고 싶었다. 그 현장이 시골이면 더 좋을 것 같았다. 합격할 때까지 계속 여러 수목원에 지원해볼지, 도시로 돌아가 그곳에서 자연과 관련된 일을 찾아볼지, 두 가지 사이에서 고민하다 후자를 택했다.

그녀는 12월에 수목원 생활을 마친 뒤 이듬해 봄에 한

42

환경단체에 지원했다. 도시에 숲을 조성하고 건강하게 가꾸는 NGO 단체였다. 학교와 사회복지 시설에 숲과 정원을 조성해주고 그곳에서 생활하는 학생들과 이용자들에게 교육을 제공하는 활동이 눈에 띄었다. 자연과 함께하는 기쁨. 자신이 느낀 그 감정을 주변 사람들도 느꼈으면 좋겠다고 늘 생각해왔는데 그곳이라면 나무나 숲을 통해 얻은 충만한 느낌을 다른 사람들에게 전할 수 있을 것 같았다. 수목원 생활 이후 커리어를 펼쳐보기 좋은 곳이라 생각되어 신입으로 입사했다. 잡지 일을 그만둔 지 2년 만에 다시 회사에 출퇴근하는 직장인이 된 것이다.

천천히 가기

수목원에서 보낸 사계절은 그녀의 삶에서 많은 부분을 바꿔놓았다. 그녀는 '리셋이 된 것 같다'고 표현한다. 몇 년간 직장생활을 했던 사람이니 주변에서는 경력자처럼 대하지만 사실 그녀는 내부 프로그램이 다시 세팅된 것처럼 새 사람이 된 기분이다. 짧지 않은 시간 동안 사무실이라는 공간

43

을 떠나 있었던 것도 한 가지 이유겠지만 자연 속에서 보낸 시간이 그녀를 다른 사람으로 만들어준 것 같다. 아마도 더 맑고 더 강해진 것이리라.

함께 일하는 사람들의 성향도 예전과는 많이 다르다. 숲을 사랑해서 모인 이들이라 우리나라의 숲을 잘 가꾸고 그 고유의 아름다움을 보전해야 한다는 직업의식이 매우 투철하다. 기본적인 업무량이 많지만 더 좋은 삶의 터전을 만들어보자는 각자의 선의와 열의가 모여 좋은 에너지를 만들어내고 있다. NGO 단체라 시민의 후원금과 후원기업에 의해 운영되고, 대표이사의 개념이 없으며, 관리자 역할을 하는 이도 수평적인 태도로 직원들의 의견을 모으는 것 등 일반 회사와는 사뭇 다른 모습이다. 좋은 뜻을 위해 모여서인지 회사에서 흔히 겪을 법한 치열한 사내 정치도 찾아볼 수 없다.

수입은 예전 직장보다 적은 편이지만 회사를 그만둔 이후 소비 패턴이 바뀌고 물질에 대한 가치관도 변했기에 소비를 줄이는 것이 그리 어렵지 않았다. 중요하게 생각하고 좋아하는 일을 선택한 대신 수입을 조금 포기한 것이다. 그녀는 현장에 나가 숲과 자연에 전혀 관심이 없던 이들이 주위를 돌아보고 감동하는 모습을 볼 때마다 보람을 느낀다. 다만 봉사자들을 관리하고 생태교육에 관련된 일을 하게 되어 생각보다 흙을 만질 기회가 많지 않다는 것이 조금 아쉽다. 그래서 그녀는 개인적으로 텃밭 농사를 짓기로 했다. 예전에 옥상 텃밭과 노지 텃밭에서 모두 재배해봤는데 아무래도 옥상 텃밭은 흙을 직접 밟는 느낌이 덜해 노지 텃밭에서 농사를 짓기로 했다. 지금 그녀는 혼자서도 충분히 꾸려나갈 수 있는 작은 원룸 크기의 밭에서 채소와 좋아하는 허브를 키우고 있다.

그녀는 회사 동료들과 가끔 이런 이야기를 나눈다. 묵묵히 선 나무들을 보면 사람들 사이의 복잡한 일이나 관계의 문제, 누군가의 심한 말 등이 다 아무것도 아닌 것 같다는. 웅대한 자연에 비해 인간 사이에서 벌어지는 아귀다툼은 참 하잘것없다는 것을 그녀는 수목원에서 살아보면서 깨닫게 되었다. 주변에 이렇게 살아 있는 생명이 많으니 앞만 보고 나에게만 집중하는 것이 아니라 주변을 둘러보며 천천히 가자. 이런 생각도 퇴사 후 자연에서 보낸 값진 시간을

45

통해 배웠다. 이런 이야기를 나눌 수 있는 생각이 비슷한 동료들이 생겼다는 것이 그녀는 참 기쁘다.

　그녀에게는 언젠가 시골에 내려가 텃밭정원을 가꾸며 작은 마을 도서관을 운영하고 싶다는 꿈이 있다. 서른 즈음에 새로운 경험이 필요해 회사를 그만두고 떠났던 것처럼 다시 그런 과감한 결정을 내릴 수 있을까. 30대 중반이 된 지금은 그만큼의 용기를 내는 게 쉽지 않을 것 같지만 그럼에도 불구하고 현실 앞에서 약해지지 말고 앞으로도 하고 싶은 일에 도전하자고, 더 용기를 내보자고 마음속으로 되뇐다. 회사를 그만두고 비로소 노동의 가치를 알게 되었는데 조직의 일원으로 일하는 요즘 또다시 단지 회사의 비전에만 귀속되어 일하는 것이 아닌가 고민도 된다. 회사의 비전과 개인의 비전 사이에서 균형을 유지하는 것은 쉽지 않은 일이지만 그녀는 무엇보다 자신이 주체적으로 바로 서야만 한다는 것을 자각한다. 수목원의 숲에서 만났던, 제자리를 지키며 자라는 여러 식물들처럼.

46

Think — 공백

퇴사 후 6개월 안에 재취업을 하지 못하면 장기 실업 상태에 접어들 수 있다는 이야기를 들었다. 헤드헌터는 6개월 이상 쉬고 있는 구직자를 좋아하지 않고 회사 측에서도 그런 사람에게는 높은 점수를 주지 않는다는 것이 이유다. 퇴사 후 보낸 시간이 취업의 당락에 큰 영향을 미친다고 확신할 수 없지만 오래 쉰 지원자를 싫어한다는 일반적인 논리에는 반박하기 어렵다. 면접관 앞에서도 분명히 퇴사 후의 공백에 대해 설명해야 할 테니. 그런데 6개월은 대체 누가 정한 데드라인일까. 마치 결혼하기 적당한 나이라고 남들이 정해놓은 결혼적령기에 대한 이야기를 듣는 기분이다.

반면 얼마 전 만난 어른으로부터 꽤 의미 있는 이야기를 들었다. '퇴사 후 보낸 시간의 길이에 따라 얻는 것이 다르다.' 출퇴근의 일상에서 놓여난 직후에는 오랜만에 주어진 달콤한 자유를 즐기게 되게 마련이다. 늦게까지 깨어 있을

회사 그만두고 어떻게 보내셨어요?

수 있는 권리를 누리며 밤새 듣고 싶은 음악, 읽고 싶은 책 속에 둘러싸여 있다 보면 한 달이 금세 지나간다. 그렇게 사소한 즐거움을 누리며 한 달을 보냈다면, 그다음 두세 달은 첫 달의 여유를 더 깊이 만끽하며 하고 싶은 것들을 해보는 시간. 회사에 다닐 때 잠시 스쳐 지나가던 고민거리나 이슈에 대해 더 깊이 생각해보고 발전시키는 시간이기도 하다. 넉 달째 접어들면 다시 일할 준비가 되었는지 생각해보고 마음의 변화를 살펴본다. 물론 퇴사 이후의 시간을 어떻게 보내느냐는 사람마다 다르겠지만, 시간에 따른 변화를 생각하면 얼마나 쉬었는지에 따라 얻는 것이 달라진다는 말은 일리가 있다.

특히 오래 다닌 회사를 그만뒀다면, 혹은 아주 조금이라도 원치 않는 방식으로 그만뒀다면 퇴사 후에 마음을 치유하고 극복하는 시간이 필요하다. 괜찮을 것 같지만 정신적 충격은 남게 마련이고, 그 충격은 첫 직장이거나 일했던 기간이 길수록 더 심하다. 마음의 상처가 잘 아물 수 있도록

자연 속에서 배우는 시간

쉬는 시간 동안 스스로를 잘 돌봐야 한다.

나는 두 번째 퇴사 후 런던행 비행기에 올랐다. 10년간 회사를 다녔으니 1년 정도는 쉬겠다고 생각하면서. 런던에서 살아보고 유럽 도시들을 여행하며, 좋아하는 음악회를 찾아다니고 와인을 배우며 오롯이 나를 위한 시간을 보냈다. 그 당시에도 인생에서 다시 없을 소중한 시간이라 생각하긴 했지만 몇 년이 흐른 지금 돌아보면 그땐 그 시간의 진정한 가치를 잘 몰랐던 것 같다. 지나고 나서야 그 시간 동안 무엇을 얻었는지 어렴풋이 느껴진다.

퇴사 후 얼마나 쉴 것인가에 대한 정답은 없다. 누군가는 수목원에서 자연이 주는 감동을 온몸으로 느끼며 1년간 자연이 무엇이고 인간이 무엇인지 생각해보고, 또 누군가는 꿈꾸던 도시에서 행복한 문화생활을 누리며 퇴직금이 모두 바닥날 때까지 살아본다. 어떤 방식이든 그 시간을 통해 자신의 리듬을 되찾을 수 있다면 시간을 가치 있게 사용하는 것이다. 퇴사 후 3개월이 지났고, 어느새 또 6개월이 지났다며 조바심을 내기보다는 조직 속에서 다양한 업무와 관계에 휘둘려 변형될 수밖에 없었던 자신의 리듬을 되찾고 유지하는 일에 온전히 집중하면 어떨까. 그것이 건강하게 다음 스텝으로 향하는 가장 확실한 길이라는 걸 우리는 이미 알고 있으니 말이다.

자연 속에서 배우는 시간

3

내 일을 준비하는 시간

대학과 대학원에서 패션디자인을 공부한 L씨는 사람들이 화려하다고 생각하는 일을 해왔다. 명품으로 불리는 뷰티 브랜드에서 인턴으로, 패션 브랜드에서 사원으로 일했고, 다양한 브랜드가 입점한 유통회사에 입사해 새로운 쇼핑 랜드마크로 불리는 곳에서 홍보와 마케팅을 담당했다. 자신의 취향과 잘 맞는 자리라 만족스러웠다. 집에서 가까워 출퇴근도 편했고, 사무직이지만 쇼핑몰 건물에 입점한 여러 매장에 나가는 일이 잦으니 사무직과 현장 근무가 적절히 조화된 환경이었다. 일이 많을 때는 야근을 하기도 했지만 강도가 세진 않았고 사내복지도 좋은 편이었다.

그녀가 입사할 당시 회사는 공채가 아니라 수시로 직원들을 채용하고 계약직을 거치게 했다. 그녀 역시 계약직으로 입사했지만 빠르면 1년, 늦어도 2년간 근무하면 정규직으로 전환되는 것이 일반적인 수순이라 했기에 그렇게 알고 받아들였다. 먼저 입사한 이들이 계약직을 거친 뒤 자리가 날 때마다 정직원이 되는 걸 보며 자신도 하루빨리 그렇게 되길 기다렸다. 계약직으로 근무하는 동안 마음을 다치는 일이 적지 않아 정규직이 된다는 것에는 안정감 이상의 의미가 있었다. 눈에 보이는 차별이 분명히 존재하는 곳에서 정직원이 된다는 건 남들과 평등해진다는 의미를 가졌다. 회사는 명절 때 정규직에게는 상여금뿐만 아니라 계열사에서 사용할 수 있는 상품권을, 계약직에겐 선물세트를 주는 식으로 은연중에 같은 공간에서 함께 근무하는 계약직 직원들의 사기를 꺾었다. 상사들은 아랫사람들을 차별없이 대하려고 노력했지만, 실질적인 대우는 그렇지 않았다. 회사가 직원들에게 행하는 것은 분명 차별이었다. 그녀는 회사를 좋아했지만 그런 분위기엔 상처를 받았다.

그녀가 입사한 지 2년이 거의 다 되어갈 무렵, 예기치 못한 상황이 발생했다. 회사에서 공채 시스템을 도입하곤 계약직 직원들을 그대로 둔 채 사람이 필요한 자리에 공채를 통해 신규 채용을 하기 시작한 것이다. 아무리 길어도 2년 뒤에는 정규직이 될 거라 굳게 믿고 있던 그녀였지만 이제는 정규직 전환을 확신할 수 없었다. 마침 그녀가 믿고 따르던 팀장은 지방으로 발령이 났고 다른 회사에서 이직해 온 새로운 팀장은 그녀와 동갑이었다. 정규직이 되느냐 마느냐 하는 위태로운 상황에서 상사까지 그런 식으로 바뀌자 마

56

음이 복잡했다. 하지만 그녀는 어쩔 수 없다는 생각으로 마음을 다잡고 새 팀장과 잘 맞춰가며 일을 계속했다.

불안한 느낌은 맞아떨어졌다. 입사한 지 2년이 됐을 때 회사에서는 그녀를 정규직으로 채용할 수 없다고 알리며 계약직 연장을 제안했다. 인사과에서는 1년만 더 기다려 달라고 말하기도 했다. 그보다 일찍 자리가 나면 6개월이 될 수도 있다고, 어쨌든 1순위로 해주겠다고 했다. 하지만 확실히 보장되는 건 아니었다.

그녀가 아는 한 2년을 채우고도 정규직으로 전환되지 않은 건 자신이 첫 번째 케이스였다. 회사의 윗사람들은 그녀의 눈을 피하며 상황을 모르는 척했다. 믿었던 사람들의 이면을 보는 듯했다. 공채로 들어온 어린 신입사원들은 'L 선배가 나중에 정직원이 되더라도 나중에 승진은 우리보다 늦을 것'이라고 뒷말을 했고 그런 말은 그녀의 귀에까지 들어왔다. 2년이 지나도 계약직에 머물 걸 알았다면 애초에 입사하지 않았을 터였다. 계약직을 거친 뒤엔 당연히 정규직이 될 거란 말을 믿고 들어와 열심히 일했는데 예상치 못한 일이 발생하자, 애사심이 컸던 만큼 배신감도 컸다.

내 일을 준비하는 시간

그녀가 사직 의사를 밝히자 인사과에서는 깜짝 놀라는 반응이었다. 열정적으로 일하던 직원이 갑자기 나가겠다고 하니 당혹스러운 듯했다. 힘든 것을 한 번도 내색하지 않았기에 회사 사람들은 그녀가 그렇게까지 상처받았다는 걸 알지 못했을 터였다. 지속적으로 다쳐온 마음을 안고 그곳에서 계속 일할 수는 없었다. 더 이상은 희망 고문도, 차별 대우도, 사람들의 속닥거리는 소리도 싫었다. 그녀는 자존감이 무너졌다는 걸 깨달았다. 그것을 인지하는 순간 출근길이 끔찍하게도 괴로웠다. 그러나 마음이 너덜너덜해진 상태에서도 유종의 미를 거두고 싶어, 일하기로 한 마지막 날까지 최선을 다해 근무하고 회사를 떠났다. 그때가 서른한 살이었다.

퇴사 후 몇 달간 쉬는 시간을 가진 그녀는 한 면세점의 본사로 들어가 MD로 근무했다. 지금까지와 유사한 경력이 이어지는 것 같았지만 많은 브랜드를 관리하면서 매출을 구체적으로 파악하는 일이 버거웠다. 무엇보다 힘든 것은 매장별, 아이템별로 디테일하게 숫자를 분석하는 일. 기존에 해오던 일과 업무적인 이질감이 느껴지자 그녀는 자신과 잘 맞지 않는 일이라고 결론을 내렸다. 몇 달 만에 퇴사하기로 하면서 그 직장을 마지막으로 직장생활을 완전히 끝내기로 했다. 대학원 졸업 후 네 곳의 회사를 거치며 그녀는 자신이 조직생활에 잘 맞지 않는 사람이란 걸 깨달았다. 보수적인 조직에서 사람들에게 맞춰가며 일하는 것은 힘들고 지칠 뿐 아니라 자신이 가진 본연의 모습을 끊임없이 외면해야만 가능했다.

퇴사 후에도 한동안 구체적으로 무엇을 하며 살아야 할지 뚜렷한 생각이 없었다. 다만 대학 시절에 영어와 수학 과외를 하며 돈을 벌었으니 그 일을 다시 해보기로 했다. 학생 하나를 맡아 가르쳤는데 성적이 올랐고, 입소문이 퍼져 한 달 사이에 학생들이 꽤 늘었다. 당장 돈벌이 문제가 해결됐으니 취미생활을 해보고 싶었다. 직장생활을 하느라 지친 마음을 회복시켜줄 것을 찾아보다가 커피를 배우기로 하고 학원에 등록해 자격증 준비를 시작했다.

커피는 기대보다 더 강력한 치유 효과를 발휘했다. 힘들게 직장생활을 했던 시기에 어쩌면 우울증에 빠진 채 그것이 우울증인지도 모르고 하루하루를 살았던 건 아닐까 하

59

는 깨달음이 뒤늦게 찾아왔다. 웃음조차 잃었던 그 시절에 자기도 모르게 다친 마음이 커피를 배우면서 조금씩 회복되는 기분이었다. 스스로를 위해 커피를 더 가까이 하고 싶었다. 자격증을 딴 후에도 커피가 맛있는 집을 찾아다녔고, 자연히 단골집도 생겼다. 현장에서 제대로 배워보고 싶은 마음에 주인과 친분이 생긴 단골 커피숍에서 파트타임으로 일해보기로 했다. 직접 로스팅을 하고 핸드드립도 종류가 다양해 커피 일을 배우기 좋은 곳이었다.

처음에 그녀에게 주어진 일은 설거지. 커피에 관해 자부심이 크고 전통 있는 커피숍이었기에 자격증이 있다 해도 처음 일을 시작한 사람이 커피를 내릴 수는 없었다. 그런 체계적인 시스템도 마음에 들었다. 그곳에서 파트타임으로 일하며 과외 일을 병행했다. 회사에 다닐 때보다 더 바쁘게 지내며 2년간 바리스타로 경력을 쌓았다. 쉬는 날에는 유명한 커피숍에 가서 맛을 보고 원두를 사 오는 등 여유 시간이 생겨도 온전히 커피에 빠져 지냈다. 몸은 바빠도 마음은 즐겁고 편안했다. 2년이 지나 그 커피숍에서 더 배울 게 없다고 느껴 일을 그만두었을 때, 그녀의 어머니가 직접 커피숍을 열어보라고 권했다. 사업을 하더라도 시점을 결혼 이후로 생각하고 있었던 그녀였지만 배운 게 아깝지 않냐는 어머니의 말에 생각이 바뀌었다. 일단 내 일을 해봐야겠다고 마음먹자 엄청난 추진력이 생겼다.

가장 먼저 목 좋은 자리를 찾는 것부터 시작했다. 집에서 멀지 않은 곳에 터미널과 번화가가 있었다. 오래 살아온 동네라 부동산을 통하지 않고 발품을 팔면서 임대를 한다고 붙어 있는 점포를 발견하면 일일이 전화를 걸어 건물주와 직접 이야기를 나눴다. 계약하기까지 과정은 순탄치 않았다. 수많은 자리를 둘러본 끝에 마음에 드는 점포를 발견해 가계약을 했는데 건물주가 조금이라도 건물이 손상되는 것을 원치 않아 내부 인테리어를 거의 못 하게 했다. 그래도 요구사항을 다 맞추려고 노력했지만 결국은 건물주가 마음을 바꿔 가게를 내주지 않겠다고 했다. 할 수 없이 새로운 자리를 찾아야 했다. 그러다 인연이 닿은 곳은 40년 된 갈빗집. 지나가다가 비어 있는 것을 발견하고 건물주에게 전화를 걸어 들어가봤는데 오래된 점포라 전체적으로 공사를 해야 했지만 위치는 처음 가계약을 했다가 파기한 곳보다

61

더 나은 것 같았다. 사실 더 번화한 곳으로 가고 싶기도 했지만 매달 내야 하는 임대료가 네 배 가까이 차이 나 결국 그곳으로 계약한 뒤 공사를 시작했다.

오래된 가게에 업종도 달랐으니 그대로 쓸 수 있는 게 하나도 없었다. 적잖은 비용을 들여 설비를 모두 철거했는데 그 와중에 누수를 발견해 추가 비용까지 들었다. 비가 새는 건물은 건물주가 수리해야 하는 것이 당연하지만 주인이 철거 과정에서 생긴 누수라고 우기는 통에 어쩔 수 없이 비용을 물었다. 본격적인 사업을 시작하기도 전에 세입자가 약자라는 사실부터 절감했다. 낙후된 건물을 탈바꿈시키다시피 공사를 하면서 너무 힘들어 눈물이 날 지경이었다.

커피숍을 위한 세부적인 인테리어를 할 때는 비용을 조금이라도 줄여보려고 특정 업체가 아닌 감리를 하는 관리자와 계약을 맺었다. 관리자가 공사업자를 불러주면 그녀가 원하는 방향을 구체적으로 지시했다. 페인트 컬러와 바닥재를 선정해 요청하고 조명은 직접 여기저기 둘러보고 원하는 디자인을 찾아 구입해 왔다. 가구도 직접 가구업체를 돌아다니며 가격 흥정을 해 들여왔다. 파트타임으로 일

62

할 때부터 언젠가 가게를 열 때를 대비해 머릿속에 인테리어에 관한 구체적인 그림을 그려놓았던 게 큰 도움이 됐다. 조명 색부터 소파 디자인까지 콘셉트가 명확했기에 진행이 빨랐다. 다만 혼자 공사 현장을 지휘하는 것이 녹록지 않았다. 어린 여자라 요구사항을 무시한다고 느낄 땐 과연 가게를 시작할 수 있을까 절망스럽기도 했다. 설상가상으로 공사 기간 동안 그녀가 현장을 오가는 걸 지켜보던 동네 사람들이 '세상물정 모르는 젊은 여자가 카페를 여는구나' 하는 눈빛으로 한심하게 쳐다봤다. 커피를 전문으로 하는 커피숍이 아예 없는 동네였으니 그럴 만도 했다.

자리를 알아보기 시작한 지 3개월 만에 어쨌든 개업을 했다. 배운 것을 토대로 메뉴를 짜고 커피 맛으로 유명한 로스팅 챔피언으로부터 원두를 공급받았다. 그녀의 커피숍은 동네 사람들이 보낸 우려 섞인 눈빛이 무색하리만큼 초반부터 장사가 잘됐다. 커피를 좋아하는 사람들이 취향에 맞는 커피를 마실 수 있는 곳이 생겼다고 입소문이 난 덕분에 단골들이 생겼다. 프랜차이즈 카페와는 손님군이 완전히 나뉘었다. 물론 흑자를 내면서 출발했다고 해서 투자 금액을

63

내 일을 준비하는 시간

금방 회수한 건 아니었지만, 유입 인구가 많지 않은 위치임에도 커피 맛 때문에 일부러 찾아오는 이들이 많다는 것이 주인으로서 매우 보람 있었다.

자기 사업을 한다는 것, '사장'이 된다는 것이 직장생활을 하는 것과 어떻게 다른지 시간이 흐를수록 실감이 났다. 눈치 볼 상사가 없고, 장사가 잘되면 그만큼 온전히 자신의 수익으로 남는다는 건 좋은 점이다. 아침 일찍 일어나는 게 힘들면 오전 시간대에 직원이 근무하게 하고 좀 더 느지막이 나오면 되는 등 자신의 체질에 맞게 일할 수 있다는 것도 장점이다. 물론 단점도 있다. 여행을 가고 싶어도 연차를 내서 갈 수 있는 게 아니니 여름 휴가 외에는 늘 매여 있는 기분이다.

회사에 다닐 땐 속박된 상황에서 누릴 수 있는 일정 부분의 자유가 있지만 자기 사업을 할 땐 항상 긴장해야 한다. 그녀는 세 명의 직원을 고용해 함께 일하고 있는데 월급을 줘야 하는 입장이 되니 장사가 안 될 때는 혼자 속앓이를 하기도 한다. 개업 초기부터 장사가 잘되긴 했지만 나라가 뒤숭숭했던 겨울엔 커피숍을 찾는 이들이 확연히 줄어

회사 그만두고 어떻게 보내셨어요?

최하 매출을 기록하며 적자를 냈다. 신선한 커피와 좋은 재료를 모토로 내건 커피전문점이니 재료비를 줄일 수 없고, 인건비를 줄이자니 체력적 부담이 커졌다. 다행히 내색하지 않고 자금 압박을 견디는 동안 다시 매출이 상승세를 탔다. 그 과정에서 사업은 무조건 1년 이상을 내다봐야 한다는 나름의 결론도 얻었다. 오픈 1주년을 맞았을 땐 이젠 완전히 자리를 잡았다는 기쁜 안도감이 찾아왔다.

나답게 살기

이제는 사장이 된 L씨가 사업을 준비하고 직접 커피숍을 열어 운영하면서 얻은 것은 무엇일까. 그녀는 스스로에 대해 더 깊이 알게 된 것이 가장 큰 소득이라고 말한다. 회사에 다닐 때, 특히 계약직으로 근무할 때는 회사에서 원하는 인재상이 되려고 노력하면서 그 틀에 스스로를 맞추기에 급급했다. 겁이 나서 못할 것 같은 일도, 도저히 해낼 수 없을 것 같은 일도 못하겠다고 말하지 않고 잘해낼 수 있다고만 했다. 본래 여리고 독하지 못한 성격이지만 인사평가를 잘 받기 위해 이를 악물고 독해지려 노력했다. 실제보다 더 잘나고 완벽한 사람으로 보이고 싶어 대범한 이미지로 무장한 채 회사생활을 했다. 하지만 이제는 알고 있다. 자신이 그런 사람이 아니라는 걸.

지금은 자신의 솔직한 모습을 있는 그대로 표현하려고 한다. 그러고 보면 그녀는 고등학교 때부터 미술을 했고 대학에선 패션디자인을 전공했다. 예술적 감수성이 풍부하고 그만큼 감정 기복도 있다. 사회생활을 하면서, 특히 보수적인 조직의 일원으로 일하면서 감정에 자유롭고 그것을 솔직히 표현할 수 있는 사람이 얼마나 될까. 과하게 자신을 억누르며 살아왔던 그녀는 이제라도 '나답게 살기'를 추구하고 싶다고 한다. 그리고 직접 일을 꾸려가면서 그 변화를 느끼고 있다. 사업 초기에는 직원들에게 자기도 모르게 지난 회사에서 보고 배운 대로, 사장과 직원의 관계를 딱딱하게 유지하려 했다. 하지만 시행착오를 겪으며 그럴 필요가 없다는 걸 알게 됐다. 그래서 더 많이 대화하려 노력하며 서운한 일은 서운하다고 하고 좋은 일에는 더 크게 기뻐하고 있다. 자신에게도, 타인에게도 솔직해지려 한다.

66

그녀는 현재 또 다른 매장을 하나 더 오픈하려는 계획을 갖고 있다. 이번에는 첫 사업의 경험을 바탕으로 목이 더 좋고 유동 인구가 많은 곳에서 테이크아웃 위주로 운영하는 커피숍을 시작해보려 한다. 그리고 현재 디저트 종류를 납품받아 판매하고 있는데 메뉴를 더 발전시키고 싶어 베이킹을 배우고 있다. 자기 사업을 시작한 이상, 사업 수완을 키워서 매출을 높일 수 있는 방법을 연구해야 한다는 생각에서다.

예전에 그녀에게 중요했던 건 사람들의 시선과 인정이었다. 좋은 회사와 그 안에서 자신이 가진 직함, 사람들이 알아주는 성과 같은 것들. 그 일을 좋아한다는 마음보다는 세상엔 똑똑한 사람들이 많고 다들 열심히 하니까 자신도 그만큼 해야 한다는 의무감으로 일했던 시간. 반면 지금은 자신의 일이니만큼 애착이 크고 무엇보다 자기만족을 위해 일하고 있다. 사업 확장도 남의 시선 때문이 아니라 스스로가 원해서 하려 한다. 예전이나 지금이나 열심히 일한다는 사실엔 변함이 없지만 원동력은 완전히 다른 셈이다.

사업을 한다는 건 스스로를 움직이는 원동력을 자발적

67

내 일을 준비하는 시간

으로 만들어가야 함을 의미하고, 한편으론 자신과의 싸움
이다. 그녀는 회사에 다닐 때만 해도 30대 중반에 사업가가
되어 있으리라곤 전혀 예상하지 못했다. 하지만 인생은 이
렇게 예측을 뛰어넘는 방향으로 흘러가기도 한다. 앞으로는
또 어떤 곳으로 흘러갈까. 그곳을 알지 못하므로 그녀는 현
재를 살며 최선을 다할 뿐이다.

회사 그만두고 어떻게 보내셨어요?

Think — 사랑

몸담고 있는 회사를 아끼고 사랑하는 마음, 애사심의 정의다. 정상적이라면 그 마음은 자발적으로 생겨야 할 것이다. 회사를 단순히 월급이 나오는 밥벌이의 수단으로 여기는 것이 아니라, 회사가 좋고, 회사가 나아가는 방향이 내가 설계한 미래와도 잘 맞는다고 느낀다면 회사를 사랑하는 마음은 자연스럽게 생길 것이다. 외부에서 보아온 긍정적인 이미지가 내부에 들어왔을 때도 유지되고, 일하면서 성취감을 얻으며, 함께 일하는 구성원들 사이에서 소속감을 느낀다면 애사심은 더 강해진다. 회사와의 특별한 인연이나 시간이 만들어주는 애정도 있다. 사회생활을 시작한 첫 직장에 대한 애정, 오래 몸담은 회사에 대한 애정. 이러한 애정이 좋은 방향으로 흐른다면 애사심은 꽃을 피울 것이다.

그런데, 자연스럽게 생기지 않는 애사심을 기업이 당당하게 요구할 때가 많다. 말로만 주인의식과 애사심을 가지

회사 그만두고 어떻게 보내셨어요?

라는 게 아니라 다양한 프로그램을 동원해서. 오너에게 애사심을 표현하는 행동을 노골적으로 요구할 때도 있다. 그런 일은 주로 워크숍 같은 행사들에서 발생한다. 팀워크를 향상시키고 직원들 간의 친목을 도모한다는 목적으로 기획된 워크숍이나 회사 야유회에서 직장인들은 원치 않더라도 구성원 속에 섞여 적극적으로 이벤트에 동참하려 노력한다. 회사 로고가 박힌 기념품이나 단체로 맞춰 입은 티셔츠, 상품을 내걸고 벌이는 각종 이벤트를 통해 직원들의 애사심을 고취시키려는 회사의 모습은 강요에 가까워 보인다. 애사심을 증명하려는 이들에겐 덤으로 주어진 절호의 기회겠지만.

그러면 회사는 직원을 얼마나 사랑하나. 회사와 직원 사이도 일종의 관계다. 입사를 통해 회사와 인연을 맺은 후 서로에게 도움이 되는 건강한 관계가 오래 지속되는 것이 이상적이겠지만 쉽지 않은 일. 이 세상의 많은 관계가 그렇듯, 회사와 직원도 때론 피곤하게 밀당을 하고, 기대와 다를 땐

내 일을 준비하는 시간

상처도 받는다. 한쪽이 이타적인 마음으로 일방적인 희생을 감수하거나 혼자만의 착각 속에 이어가는 관계라면, 균형이 완전히 무너져 결국 최악의 착취 구조로 귀결된다.

일터를 사랑하는 마음은 물론 좋은 감정이다. 평소 그런 감정을 품고 일한다면 회사생활에 보다 적극적으로 임할 수 있으니 일의 능률도 오를 것이다. 하지만 애사심 강한 직원이 조심해야 할 것이 있다. 바로 회사와 자신을 동일시하는 것. 회사가 만들어준 사회적 위치가 있더라도 회사와 이별하는 순간 그것은 아무것도 아님을 깨달아야 한다.

회사가 잘되어야 직원이 잘된다는 것은 맞는 말이지만 그렇다고 해도 회사와 직원은 한몸이 아니다. 그 사실을 잊는 건 위험하다. 주인의식을 강조하며 '가족 같은 회사'를 표방하던 회사가 결정적인 순간에 직원을 버림으로써 가족이 아님을 증명하는 것을 심심찮게 듣고 본다. 뜻밖의 분리를 겪는 직원의 심정은 어떨까. 애사심 대신 마음속에 불타오르는 감정의 정체는 배신감일 터. 회사를 사랑해 자발적

워커홀릭이 된 사람이라면 배신감은 더하다. 애정을 쏟은 대상이 등을 돌릴 때 속수무책으로 상대의 결정에 따를 수밖에 없다면 밀려오는 자괴감 앞에서 지난 관계를 돌아보게 될 것이다. 그리고 그제야 생각해볼 것이다. '우리'는 어디서부터 잘못됐는지, 나는 무엇을 위해 그렇게 사랑과 열정을 쏟았는지.

균형 있는 관계에서 자연스럽게 생겨난 사랑이 아니라면, 그것은 어쩌면 영원한 짝사랑일는지도 모른다.

내 일을 준비하는 시간

4
덕후로 살아보는 시간

백 명 중 여성이 열 명이 채 되지 않는 집단이 있다. O과장이 전공으로 선택한 학과가 그랬다. 그녀는 남자가 절대적으로 많은 환경에서 대학과 대학원을 졸업했고, 이후 전공을 살려 취업한 이후에도 그런 성비는 자연스럽게 이어졌다. 엔지니어로 입사한 첫 번째 직장에서는 능력을 인정받아 빠르게 승진도 했다. 그렇게 몇 년간 경력을 쌓았을 무렵, 회사가 급격히 어려워지기 시작했다. 위기에 직면한 기업은 살아남기 위해 직원들을 과감하게 내보내겠다는 결정을 내렸다.

사내복지가 좋고 한때 승승장구하며 성장하던 회사였지만 무너지는 건 한순간이었다. 팀원들은 구조조정을 당하는 이가 바로 자신이 되어서는 안 된다는 생각을 품은 채 서로 눈치를 보기 시작했다. 인원을 감축해야만 하는 상황이라면 고과에 따라 구조조정 대상자를 결정하는 것이 그나마 합리적인 기준일 것이다. 하지만 그녀는 남자 동료들로부터 당혹스러운 말을 들었다. "네가 미혼이니 나가주면 안 되겠니?"

고과로 미루어 자신이 대상자가 될 거라고는 생각조차

덕후로 살아보는 시간

하지 않았던 그녀는 부양할 가족이 있다는 명분을 내세우며 자기 자리를 지키기 위해 동료를 몰아내는 이들을 보며 아연실색했다. 미혼이란 것이 구조조정 대상자의 충분조건이 되리라곤 상상도 하지 못했다. 부당하다고 느꼈지만 억지로 시간을 끌며 버티고 싶진 않았다. 그 일로 오히려 마음이 떠나버려 미련 없이 회사를 그만뒀다. 마침 커리어 전환을 고민하던 즈음이기도 했다. 하지만 많은 이들이 그렇듯 첫 직장에 대한 애정이 컸기에 첫 번째 퇴사는 꽤 상처가 됐다. 그녀는 회사라는 곳에 대한 생각을 완전히 다시 하게 됐다. 평소에 잘 지내다가도 어려운 상황에 처하면 적대 관계가 되는 동료들에 대해서도 마찬가지. 이후 그녀는 회사라는 대상과 그곳에서 만나는 사람들에 대해 '업무로 맺은 관계'라고, 명확히 선을 그었다.

첫 회사를 그만두고 2년간 MBA 과정을 밟은 뒤에 그녀는 대기업에서 마케팅 업무를 시작했다. 국내 최대 기업이 거느린 수십 개의 계열사 중 하나인 제조업체였다. 그런데 시간이 흐르면서 그녀는 회사에 들어올 땐 몰랐던 부분들을 경험했고, 또다시 고민에 빠졌다. 그룹에서 주력하는 대표기업은 혁신적인 기술을 개발하며 미래를 향해 나아가는 반면, 그녀가 다니는 회사는 마치 어느 순간 작동을 멈춰버린 채 연식만 높아지고 있는 옛날 기계 같았다. 책상 앞에 앉아 있어야만 일을 하는 줄 알거나, 단지 고과를 위해 불필요한 야근을 하는 분위기는 너무도 고루했다. 참신한 아이디어를 제안해도 윗사람들이 그걸 받아들일 의지가 없다는 걸 몇 차례 확인했고, 그러자 점점 의욕이 사라졌다. 그뿐이 아니었다. '내 위로는 여자를 받지 않겠다'는 말을 이미 고참 과장까지 올라간 그녀의 면전에서 하는 남자 직원도 있었다. 답답한 사내 분위기와 새로운 일을 시도할 수 없게 하는 벽들이 그녀를 점점 조여왔다.

회사에서 '싫은 걸 공유할 수 있는 사람'의 존재 유무는 매우 중요하다. 조직의 부조리함을 허심탄회하게 이야기할 대상이 있다는 건 대단한 위안이 된다. 그녀에게도 입사 초기부터 친하게 지내던 사람이 있었다. 그는 나중에 임원이 되겠다는 생각으로 회사에 매우 헌신적이었고 누가 봐도 부당할 정도로 많은 일을 했다. 그런데 어느 날 그가 과로와 스트레스로 인해 큰 병을 얻었고, 치료를 위해 휴직했다. 그

덕후로 살아보는 시간

가 떠나자 그녀는 회사생활이 지루해졌고, 일에 대한 의미도 찾을 수 없게 되었다.

그녀가 퇴사를 결심한 가장 큰 이유는 사람, 정확히는 그곳에서 만난 마지막 상사였다. 해외에서 주재원으로 오래 근무하다가 서울로 돌아온 그 상사는 부서의 업무 프로세스와 조직원들의 역할, 책임 관계조차 정확히 이해하지 못했다. 다른 부서의 업무를 무턱대고 가져와 팀원들에게 넘겨주며 보여주기식으로 일을 벌이니 팀원들은 다른 부서 직원들과 서로 눈치를 보며 불편하게 지내게 됐다. 무능한 상사 때문에 업무와 사람으로 인한 스트레스가 나날이 치솟았지만 그것에 대해 이야기 나눌 사람은 아무도 없는 상황. 그녀는 마침내 회사를 그만두기로 했다. 그렇게 6년간 근무한 두 번째 회사에 사직서를 냈다.

두 번째 퇴사를 할 무렵엔 첫 번째 퇴사를 할 때보다 훨씬 불안감이 컸다. 첫 회사를 나올 땐 어디라도 갈 수 있으리란 생각이 있었지만 이번엔 나이와 직급을 생각했을 때 쉽지 않을 것 같았다. 하지만 그런 이유로 답답하고 불만족스러운 직장에 계속 묶여 있고 싶진 않았다. 언제 다시 일을

회사 그만두고 어떻게 보내셨어요?

시작할 수 있을지, 이 일을 계속해야 할지 말아야 할지, 어떤 것도 확신이 없었지만 우선 그곳을 나오기로 결정을 내렸다. 퇴사 직후 스트레스가 바로 사라진 것만으로도 매우 잘한 결정이라고 생각됐다.

그녀가 그동안 회사생활을 견딘 건 자신만의 뚜렷한 에너지원이 한 가지 있었던 덕분이다. 그녀는 '연뮤덕(연극&뮤지컬 덕후)'이다. 예전에 일반적으로 쓰이던 '마니아'란 표현에 비해 '덕후'란 단어는 처음 접했을 때는 그리 좋은 느낌이 아니었다. 하지만 어느새 '덕후'가 일상적인 단어로 쓰이게 됐고, '좋아하는 대상에게 정성을 다해 시간과 돈과 애정을 쏟는 사람'이라고 덕후를 정의한다면, 그녀는 그런 의미에서 스스로를 덕후라고 인정한다.

연뮤덕이 된 건 두 번째 회사에 입사하고 얼마 되지 않아서였다. 그전까지는 주로 발레, 클래식 음악회, 좋아하는 가수들의 콘서트를 보러 다녔고, 뮤지컬에는 별로 관심을 두지 않았다. 그녀가 생각해온 뮤지컬은 대극장에서 올리는 쇼 형태의 공연이었다. 음악, 춤, 연기를 모두 섞고, 갑자기 3, 4분씩 노래를 하거나, 무슨 의미인지 모를 춤이 등장하는

엉

덕후로 살아보는 시간

것이 어색하게만 느껴졌다.

그러다 어느 날 친구의 제안으로 소극장 뮤지컬을 관람했다. 신선한 소재의 작품이었는데 지금까지 생각해온 뮤지컬과 무척 달라 신기했다. 처음엔 그렇게까지 좋다는 생각을 하지 못했지만 며칠 동안 뮤지컬 음악이 계속 머릿속을 맴돌았다. 그래서 다시 한 번 티켓을 끊어 공연을 봤다. 그런 일이 몇 번 더 반복된 후 그녀는 본격적인 연뮤덕의 길로 접어들었다.

연뮤덕 사이에서는 가장 좋아하는 배우를 '본진'이라고 한다. 그녀는 자신을 연뮤덕의 길로 이끈 뮤지컬에서 주연을 맡은 배우의 섬세한 연기에 매료돼 그때부터 그 배우가 출연하는 공연을 열심히 보러 다녔다. 본진이 생긴 셈이다. 한번 관심을 가지게 되니 본진의 작품 외에도 새로운 공연이 많이 보였고, 궁금한 마음에 보러 가기도 했다. 뮤지컬에 대한 기존 생각이 바뀌자마자 엄청나게 많은 작품을 관람한 것이다.

세상에 그렇게 다양한 작품들과 배우들이 있다는 게 너무나 재미있었다. 연극과 뮤지컬은 공연 횟수가 콘서트보

82

다 훨씬 많아서 일주일에 최소한 사나흘은 저녁마다 공연을 관람했다. 회사에 다니며 그런 생활을 했으니 체력적으로 피곤한 건 당연한 일. 하지만 공연은 일상의 엔도르핀이 되어주었다. 좋은 공연을 보면 회사에서 받은 스트레스가 풀렸다. 그녀는 연뮤덕이 되지 않았다면 회사를 훨씬 더 빨리 그만뒀을 거라고 확신한다. 덕후 라이프는 그렇게나 커다란 에너지를 줬다. 두 번째 퇴사 후 1년 동안 그녀는 보다 심도 깊은 덕후 라이프를 즐겼다. 평일 낮 공연인 마티네까지 볼 시간이 있었기에 여러 공연을 열심히 관람하며 예전보다 더 열성적인 덕후가 됐다.

　퇴사 후 여유가 생기자 그녀는 공연 관람뿐 아니라 그동안 해보고 싶은 것들을 하나씩 해나갔다. 오랫동안 배우고 싶었던 재봉틀을 배워 몇 가지 소품을 만들며 자신이 손으로 하는 일에 꽤 재능이 있다는 걸 깨달았다. 새로운 취미생활이 하나 더 늘어난 셈이다. 공연 관람을 하며 생긴 또 다른 취미생활도 있다. 퇴사하기 얼마 전부터 공연을 사진으로 남기고 싶은 마음이 들어 촬영이 허용된 공연의 커튼콜을 찍기 시작했다. 카메라 장비를 갖춘 뒤 사진을 촬영하는

83

주변 사람들과 정보를 주고받았고, 기존과 다른 방식으로 찍어보며 사진의 퀄리티가 점점 더 좋아지는 걸 확인했다. 예쁜 무대와 좋아하는 대상을 촬영하고 그 이미지를 보정하는 과정은 또 다른 즐거움이었다. 사진들을 공들여 보정한 뒤 그것을 이용해 자기만의 아이템을 만들고 나누면서 같은 공연을 보는 팬들과 추억을 공유하기도 했다.

커튼콜 사진들이 늘어나자 그것들을 이용해 포토북을 만들었다. 공연마다 백 장 넘게 촬영한 사진들을 골라 작업하는 데는 꽤 많은 시간이 걸렸다. 회사를 다녔다면 시도할 생각조차 못 했을 일이었다. 그렇게 공연별로 포토북을 제작하니 지난 시간 동안 무엇에 열정을 쏟았는지 한눈에 보여주는 결과물이 됐다. 누군가를 위한 것이 아니라 자기 자신을 위한 이 작업을 그녀는 열정이 식지 않는 한 계속할 생각이다.

덕후들 사이에선 농담처럼 하는 말이 있다. '덕후의 마지막 자존심은 자발성이다.' 누가 시킨 것이 아니라 스스로 빠져든 것이니 어느 순간 자발적으로 그만둘 수도 있다는 뜻이다. 그것을 '탈덕한다'고들 한다. 그녀는 자신에게도 그

84

회사 그만두고 어떻게 보내셨어요?

런 순간이 올 수 있다고 생각한다. 그러면 열정은 다른 어딘 가로 옮겨 갈 것이다. 그러나 탈덕을 하더라도 소중한 경험 으로부터 얻었던 에너지와 추억, 그로 인해 알게 된 주변의 좋은 사람들은 남을 것이다. 뜨거운 열정만큼 확실하게.

일과 삶의 균형 찾기

무엇이든 '균형'이 중요하다는 말을 흔히 한다. 균형이 잘 잡힌 환경이어야 장기적인 꿈도 꿀 수 있다. 직장인들에겐 일과 삶의 균형, 회사생활과 개인생활의 균형을 찾는 것이 '롱런'할 수 있는 한 가지 방법이다.

O과장은 첫 직장에서의 아픈 경험을 통해 업무와 개인 생활을 분리하기 시작했다. 퇴근 이후의 시간은 개인의 즐 거움을 찾는 데 사용해야 한다는 생각이 확고해진 것이다. 동시에 그녀는 우리가 사회문화 시간에 교과서에서 배웠던 '1차 집단'과 '2차 집단'이 매우 정확한 정의라는 걸 깨달았 다. 목적 없이 친밀한 관계로 만날 수 있는 관계는 직장생활 에선 찾기 어렵다는 것을 그녀는 인정하기로 했다. 일에 대

한 시각이 지극히 실리적이라 볼 수도 있다. 하지만 그런 태도를 유지한 덕분에 그녀는 퇴근 이후 업무에서 완전히 빠져나와 덕후 라이프를 즐기며 일상을 보다 풍요롭게 누릴 수 있었다. 일과 삶 사이의 적절한 거리가 가져다준 값진 소득이었다.

덕후에 관한 한 가지 흥미로운 진실. 덕후의 인간관계는 매우 광범위해질 수도 있다. 덕후의 삶이란 '좁고 깊은' 것이라고 예측할 법하지만, 오히려 그보다는 '깊고도 넓은' 것에 가깝다. 어떤 분야에 몰두해 파고들고 정보를 찾다 보면 결국 같은 대상을 좋아하는 사람들과 만나고 소통하게 된다. 그녀가 공연과 사진을 매개로 만난 사람들은 매우 다양한 분야에 종사하고 있어, 어느 정도 폭넓은 사회적 네트워크가 형성됐다. 직업이 모두 달라도 관심사는 같으니 언제든 끊임없이 이야기를 이어갈 수 있다. 학교를 졸업한 뒤 회사생활이 전부인 양 일에만 열정을 쏟아부었다면 이토록 깊이 있게 관심사를 나눌 만한 시간도, 인맥도 가질 수 없었을 것이다.

퇴사 후 그녀가 보낸 1년을 한마디로 정리해 취향을 강화한 시간이라 해도 좋을 것이다. 좋아하는 것을 더욱 좋아하게 됐고, 동시에 무엇을 싫어하고 불편해하는지도 분명히 알게 됐다. '좋은 사람만 만나고 좋아하는 일만 하기에도 인생은 짧다'는 흔한 이야기를 새삼 되새기고 실천하는 생활이었다. 모든 스케줄에서 공연 관람 일정을 최우선 순위에 두고 그로 인한 즐거움을 최대한 누렸다. 그렇게 보낸 덕후 라이프는 곧 재충전의 시간이었다. 그녀는 어느덧 다시 일자리를 알아볼 마음의 준비가 됐다. 1년 전과 비교하면 완전히 다른 상태다.

아무것도 바라지 않고 대상을 얼마나 순수하게 좋아할 수 있을까. 덕후가 아닌 사람들이 그 마음을, 덕후들의 열정을 의심하는 경우를 본다. 아니, 의심한다기보다 이해하지 못한다는 게 더 정확한 표현일 것이다. 그 열정이 눈에 보이는 실질적 보상이나 발전적 관계를 가져오는 게 아니므로, 비논리적이고 비현실적으로 보이는 탓이다. 하지만, 돈과 시간과 온 마음을 좋아하는 대상에게 쏟는다는 건 스스로의 관심과 감정에 매우 솔직하게 몰입하는 행위이기도 하다. 그것은 다른 누군가가 아닌 바로 자신을 위한 일이다.

87

그 열렬함을 통해 얻는 에너지가 얼마나 큰 위로가 되는지는, 경험해본 사람만이 알 것이다.

응응

회사 그만두고 어떻게 보내셨어요?

Think — 정치

사람은 누구나 다면적이다. 회사생활이란 그런 다면적인 사람들이 모여 하루 중 깨어 있는 시간의 절반을 함께하는 것이니, 그 공간에서 평화로운 공기만 지속되길 바라는 건 너무 큰 욕심일 것이다. 회사에서 당혹스러울 만큼 비상식적이고 부당한 일을 겪었을 때, 그래서 결국 퇴사를 하게 됐을 때, 그 순간에 대한 상황 파악은 될지언정 사람의 마음을 제대로 알아보는 데는 꽤 시간이 걸린다. 협력하며 함께 일해온 좋은 사람들이 어느 순간 적으로 돌변해 동료를 모함하거나 노골적으로 밀어내는 걸 보면 그곳이 회사인지 정글인지 헷갈릴 지경이니, 배신감을 감당하며 혼란스러운 생각을 정리해보는 시간이 꼭 필요하다.

얼마 전 친한 친구의 황당한 퇴사 이야기를 들었다. 지방에 본사가 있는 직장의 서울 사무실에서 근무하던 그녀는 회사에서 팀장 중 누군가 한 사람이 책임지고 나가야 할

회사 그만두고 어떻게 보내셨어요?

상황이 벌어졌을 때 억울하게 사직을 권고받았다. 인사 담당자에게 왜 하필 자신이냐고 이유를 묻자, '다른 팀장들은 모두 일주일에 한 번씩 지방에 있는 사장에게 인사를 하러 갔다'는 답변을 들었다. 회의가 있는 것도 아니고 오직 얼굴을 비추는 인사를 하기 위해 근무시간 중 네 시간 이상을 할애해 매주 지방을 오간 이들. 그들은 계속 회사에 남았고, 그녀는 일자리를 잃었다. 서로에게 티 내지 않고 부지런히 인사를 다닌 다른 팀장들의 행동도 놀랍지만 퇴사 사유를 그토록 솔직하고 당당하게 알려주는 인사 담당자의 태도도 놀랍다. 그것이 합당한 권고사직 사유가 된다는 말인가. 어찌 보면 그녀는 맡은 자리에서 업무능력은 뛰어났으나 조직에서 살아남기 위한 처세에는 취약했는지도 모른다. 그리고 안타깝게도 회사는 결정적인 순간에, 직원이 일을 어떻게 했느냐보다 권력자에게 어떻게 했느냐, 즉, 스스로의 충성도를 얼마나 열심히 증명했느냐에 무게중심을 뒀다.

실제로 업무적으로 나무랄 데 없는 많은 이들이 사내정

덕후로 살아보는 시간

치에 휘말려 회사를 그만두곤 한다. 정치가 잘 통하는 조직일수록 고과는 힘을 발휘하지 못한다. 회사에서 소위 '잘나가는' 직원으로 살아남으려면 대체 몇 개의 가면을 써야 하는 걸까. 평소엔 감정을 드러내지 않고 표면적 친근함으로 일관하다가 위기상황에 맞닥뜨리면 남을 모함하거나 적당한 타이밍에 뒤로 빠지는 순발력, 이에 더해 기회가 될 때마다 눈치껏 권력자에게 자기 존재를 각인시키는 부지런함까지 갖춘, 사내정치의 능력자들. 그들과 함께 일하는, 태생적으로 정치에 능하지 못한 사람들. 그들에겐 사내정치만큼 피곤한 게 없다. 업무에 쏟을 에너지를 엉뚱한 데 뺏기는 건 비생산적이라는 생각에 그럴싸한 가면 하나 제대로 준비하지 못한 채 있는 그대로 묵묵히 일해온 그들은, 업무능력은 뛰어날지언정 미련한 사람이 되어버린다.

사내정치는 직장생활을 시작하는 순간부터 피하기 어려운, 언젠가 한 번쯤은 겪게 될 일이다. 정치가 없는 조직을 찾기 힘들고, 팀워크가 좋다는 조직도 속을 들여다보면 누군가의 희생 위에 조화로움이 완성된 경우가 많다. 그럼에도 불구하고 서로를 진심으로 이해하고 협력하는 조직의 일원이 되는 행운을 얻었다면, 아무쪼록 그 분위기가 오래 지속되길 바라며 서로 간의 신뢰 형성을 위해 노력해야 할 것이다. 업무능력보다 처세술부터 빠르게 배워 사내정치에 뛰어드는 신입사원들을 볼 때면 왠지 씁쓸하다. 앞으로 그렇게 얻은 성공과 출세 끝에서 과연 무엇과 대면하게 될까. 허탈감이나 의심, 혹은 자신보다 더 재빠른 이로부터 느끼게 되는 패배감은 아닐는지.

혹시라도 사내정치로 인해 원치 않는 시점에 원치 않는 방식으로 퇴사했다면 최소한 '밀려났다'는 생각만큼은 갖지 말았으면 한다. 중요한 건 일에 대한 자신의 철학과 소신이다. 한 인격체로서 직장에서 적절한 대가를 받기 위해 정당하게 일한 스스로가 부끄럽지 않다면, 그런 퇴사 사유는 긴 인생에서 겪은 하나의 해프닝 정도일 것이다.

덕후로 살아보는 시간

5
버킷리스트의 몇 가지라도
실천해보는 시간

웨딩플래너는 지극히 상업적인 웨딩산업에 속해 있지만 한 편으론 누군가의 가장 행복한 순간을 만들어준다는 점에서 순수한 보람을 느낄 수 있는 직업이다. J실장은 그런 자신 의 일을 진심으로 사랑한다. 영화를 전공한 그녀가 이 직업 을 가진 건 20대 후반. 대학 졸업 후 전공을 살려 영상 촬영 을 하다가 우연히 웨딩비디오를 접하고 웨딩 촬영 일을 하 게 됐고, 웨딩플래너라는 직업도 알게 됐다. 이후 제법 규모 가 큰 웨딩컨설팅 회사에 공채로 입사해 처음으로 출퇴근 을 하는 직장생활을 시작했다.

소규모로 영상 일을 하다가 회사에 들어가 잘 적응할 수 있을까 싶었지만 조직이 주는 안정감이 있었고 일도 잘 맞 았다. 여자들이 대부분인 조직이라 그동안 경험했던 영화과 와 영상 분야와는 다른 분위기 속에서 새로운 즐거움을 누 렸다. 본래 권위적이고 수직적인 위계질서에 알레르기가 있 어 조직생활에 대한 염려도 컸지만, 웨딩업체는 예비 신혼 부부들을 상담하는 개인업무의 성격이 강했고, 개인실적이 더 중요했다. 그래서인지 그녀는 의외로 쉽게 적응했고, 예 상했던 것보다 더 오래 일했다.

입사 후 6년이 지나 30대 중반을 바라보는 나이에 팀장으로 근무할 무렵, 그녀는 슬그머니 두려워졌다. 중학교 때부터 인생에 대한 큰 그림을 그려둔 그녀에게는 그 시절부터 간직해온 꿈이 있었다. 젊었을 땐 하고 싶은 일을 하며 돈을 벌다가 50대가 되면 새로운 형태의 예술고등학교를 만들고, 60대가 되면 그 이야기를 책으로 남기고 싶다는 꿈. 그런데 이렇게 회사만 다니다가는 꿈에 다가가기는커녕 그냥 마흔이 되고 쉰이 되겠다는 생각이 들었다. 게다가 그 무렵엔 결혼을 해야 하나 말아야 하나에 대한 고민까지 따라붙었다. 우선 연애라도 제대로 해보려 했지만 주위 남자들이 도통 성에 차지 않았다. 돈이 좀 있으면 속물이었고, 말이 통한다 싶으면 변태, 망나니 같았고, 멀쩡한 회사에 다니는 능력 있는 직장인은 생각이 고루해 재미가 없었다. 눈을 낮추고 타협해서라도 꼭 결혼을 해야 할까. 남의 결혼을 준비해주느라 바쁜 웨딩플래너에게 불쑥 어려운 고민이 찾아왔다. 총체적으로는 회사에 순응하며 사는 동안 원하는 삶과 멀어지면서 나이만 먹는 것이 아닌가 하는 불안감에 시달렸다.

회사 그만두고 어떻게 보내셨어요?

연차가 높아지면서 웨딩플래너로서의 보람이 줄어드는 느낌도 있었다. 처음 이 일을 시작했을 때부터 그녀는 신부와 만나 함께 드레스를 고르고, 결혼식까지 많은 일들을 함께하면서 커다란 보람을 느꼈다. 그런데 회사에서는 효율을 높이기 위해 팀장급 플래너는 상담만 진행해 계약을 성사시키게 하고, 이후 세부적인 실무는 신입 플래너들에게 넘겼다. 한마디로 경력자들은 영업만 하라는 거였다. 신부에게 구체적인 조언을 해주고 그 내용대로 준비해주고 싶은데 계약 이후엔 신부의 얼굴조차 볼 수 없으니 일의 재미가 완전히 떨어졌다. 자신이 주도적으로 일을 이끌어가는 게 아니라 조직의 부속으로 기능하는 데 대한 회의감이 들었다. 바뀐 회사의 시스템에 그녀는 끝내 퇴사를 결심했다. 할부로 긁어놓은 카드대금이 마음에 걸렸지만 회의감을 느끼며 계속 다닐 수는 없었다.

퇴사 후 두 달간은 낮잠이 달콤했다. 쉰다는 것 자체로 좋았다. 이제 조직에서 벗어났으니 하고 싶은 것들을 마음껏 해보기로 했다. 그녀에겐 버킷리스트라 할 만한 것이 몇 가지 있었다. 그중 하나인 '아무도 나를 모르는 곳에 가서

버킷리스트의 몇 가지라도 실천해보는 시간

모험하듯 살아보기'부터 실천해보기로 했다. 목적지는 아일랜드. 그런데 그때 새로운 연애가 시작됐다. 애인을 두고 기약 없이 외국으로 나가긴 싫었다. 대신 리스트에 있는 다른 것들을 실천해보기로 했다. 이루어내면 성취감을 만끽할 수 있는 일들. 인터넷 쇼핑몰을 만들어 운영해보는 것과 책을 내서 뚜렷한 결과물을 가져보는 것이 우선순위에 올라 있었다.

먼저 웨딩플래너로 일한 경험을 살려 인터넷 쇼핑몰 사업부터 시작했다. 이 사업 아이디어는 퇴사 전에 생각했던 것이었다. 웨딩 촬영 때 예비 신랑신부가 흰 티셔츠나 흰 셔츠를 입고 촬영하는 것이 당시 유행이었는데 계절이 맞지 않을 때도 있고 마땅한 옷이 없어 촬영 직전에 급하게 구해오는 일도 종종 있었다. 그래서 '흰 셔츠'를 키워드로 커플룩을 판매하는 쇼핑몰을 기획했다. 웨딩 촬영을 위해 급히 흰 셔츠를 찾는 사람들이 사이트에 방문하면 다양한 커플룩을 구경할 수 있고, 쇼핑몰 내에 연결된 또 다른 페이지에 접속해 여성 원피스도 살 수 있는 식이었다.

홈페이지를 만들기 위해 책을 구입해 하나하나 따라해

100

봤다. 하지만 관련 지식이 전혀 없던 그녀에게는 설명을 읽고 또 읽어도 마술 같은 이야기였다. 기본적인 틀을 최대한 이용했는데도 여전히 어렵기만 했다. 다행히 주변에 프로그램에 대해 물어볼 수 있는 사람이 있어 조금씩 도움을 받으며 두 달 동안 홈페이지를 붙잡고 괴로운 시간을 보냈다. 그리고 우여곡절 끝에 직접 만든 쇼핑몰을 오픈했다. 맨땅에 헤딩해 성공한 기분이었다.

막상 쇼핑몰을 운영해보니 홈페이지 제작보다 힘든 일이 한두 가지가 아니었다. 가장 힘든 건 새벽시장에 가는 일. 새벽시장은 드센 사람들 사이에서 살아남아야 하는 치열한 현장이었다. 굉장한 꼼꼼함을 필요로 하는 번거로운 작업들도 많았다. 옷 사이즈를 표기하기 위해 실측을 하고, 디테일 컷을 세부적으로 촬영해 올리고, 일일이 설명을 다는 일들. 7개월간 쇼핑몰을 운영하면서 이 일이 자신의 적성과 맞지 않다는 것을 알게 된 그녀는 어떻게든 시도해봤다는 게 중요하다고 생각하며 쇼핑몰 문을 닫았다. 검색어 키워드를 구입하며 투자한 금액에 비해 장사가 꽤 잘됐으니 흑자를 냈다는 데 의의를 두기로 했다. 새로운 걸 시도해봤고, 해본

버킷리스트의 몇 가지라도 실천해보는 시간

이후에 안 맞는다는 걸 알게 됐으니 미련은 전혀 없었다.

이제 다음으로 하고 싶었던 책 내는 일에 집중하기로 했다. 그녀는 어렸을 때부터 책을 너무 좋아해 많이 읽었다. 그래서인지 온전히 나만의 결과물을 갖고 싶다는 열망이 생겼을 때 자연스럽게 책을 써보자고 생각했다. 순수예술을 하고 싶었는데 음악이나 미술을 하기에는 재능이 없는 것 같았고, 영화를 전공했을 뿐 그쪽으로 커리어를 쌓은 것도 아니었다. 책을 써보겠단 마음을 먹었을 때도 처음엔 순수문학이 더 멋있다고 생각했다. 하지만 현실적으로 자신이 할 수 있는 것, 잘 쓸 수 있는 이야기를 써보기로 했다. 당시엔 친구들도 웨딩플래너가 무슨 일을 하는 직업이냐고 질문하곤 했으니, 자신의 일에 관한 이야기를 써봐도 좋겠다 싶었다. 서점을 둘러봐도 결혼 준비나 웨딩플래너에 관한 책은 없었다.

퇴사 전부터 출간기획안을 조금씩 써보다가 회사를 그만둔 뒤에 본격적으로 '결혼 준비'를 주제로 출간기획안을 완성했다. 30개가 넘는 출판사에 기획안을 보내며 매일 '책을 내자'는 답변이 오길 기다렸다. 하지만 출판사에서 돌아

회사 그만두고 어떻게 보내셨어요?

오는 답변들은 모두 부정적이었다. 이유는 다양했다. 어느 출판사에서는 결혼을 앞둔 편집자가 관심을 가지고 의욕적으로 추진해봤지만 60대인 회사 대표의 허락을 받지 못해 무산됐고, 또 다른 출판사에서는 필력이 떨어져 도저히 안 되겠다는, 지독하게 솔직한 반응을 보내왔다. 매달 웨딩 잡지가 나오는데 누가 결혼 준비를 위해 책을 사겠느냐는 현실적인 반응도 있었다. 그녀는 씁쓸한 마음으로 출판 생각을 접었다.

쇼핑몰 사업을 그만둔 뒤엔 생계를 위해 다시 회사에 들어가기로 했다. 예전 회사의 임원과 이야기가 잘된 덕분에 기존에 근무하던 지점이 아닌, 백화점 내 웨딩센터에서 파견근무 형식으로 일하게 되었다. 보통 그런 곳엔 신입을 보내곤 했지만 그녀는 기존의 자리에 다시 들어가는 것보다 차라리 마음 편히 근무할 수 있는 환경이라 생각했다. 9개월 만에 회사로 돌아간 그녀는 책을 내기 위해 노력했지만 아무런 성과가 없었다는 사실에 굉장히 의기소침해 있었다. 그런데 한 출판사에서 연락이 왔다. 그녀의 기획안을 받았던 편집자가 다른 출판사로 이직한 후 출판할 수 있는 상황

버킷리스트의 몇 가지라도 실천해보는 시간

이 되자 연락을 해온 거였다.

그때부터 '일하며 글쓰기'가 시작됐다. 그녀는 백화점 웨딩센터 파견근무로서는 전례 없는 실적을 올리면서 1년 간 틈틈이 책을 썼다. 긴 호흡으로 글을 쓴다는 건 쉽지 않은 일이었다. 대학 시절 리포트와 시나리오를 썼던 것 말고는 제대로 글을 써본 적이 없었다. 회사생활을 하는 동안엔 내내 계약서만 썼으니 집중해서 글을 쓰는 것이 어렵게 느껴지는 게 당연했다. 하지만 글을 쓸수록 어느새 자신이 진짜 하고 싶은 이야기와 오래 간직해온 생각이 글 속에 녹아드는 걸 느꼈다. 파견근무 생활을 하며 월급이란 끊지 못하는 마약일까 자조하던 암울한 시기에 그녀는 글을 쓰면서 치유받았다.

첫 책이 나왔을 땐 너무나 기뻤다. 작가로 데뷔했다는 사실이 실감나지 않아 시간이 될 때마다 서점에 나가보고 온라인에서도 책에 대한 반응을 살피곤 했다. 베테랑 웨딩 플래너로서 똑똑한 결혼 준비를 제안하는 그녀의 책은 기대 이상으로 반응이 좋았다. 기존에 없던 책이어서인지 마치 틈새시장을 공략한 듯 잘 팔렸고 두세 달 만에 2쇄를 찍

104

었다. 첫 책을 함께 만들었던 편집자는 그녀가 영화를 전공한 것을 알고 영화 속 결혼 이야기를 소재로 두 번째 책을 제안했다. 그녀 또한 책을 좋아하는 사람으로서 첫 책을 내고 사라지는 작가가 되고 싶지 않았기에 제안을 받아들였다. 일하면서 두 번째 책을 쓰는 동안 다른 출판사에서 웨딩 트렌드에 관한 책을 내보자고 제안을 해왔다.

그렇게 꾸준히 책을 집필하며 J실장은 두 차례 이직했다. 크고 작은 회사에서 각기 다른 시스템을 겪으며 웨딩플래너로서 경력을 쌓자 독립해 웨딩컨설팅 회사를 차릴 만한 용기도 생겼다. 만약 첫 책을 내지 않았다면 다른 분야로 전업했을지도 모를 일이었다. 애초에 창작에 대한 열망이 있어 영화과에 갔지만 졸업 후에 우연한 기회로 웨딩플래너의 길을 걸었고, 몇 권의 책을 쓰면서 직업에 대한 확신이 생겼다. 일하면서 책을 쓰는 그녀를 놀라운 시선으로 바라보는 사람도 많았다. 돌아보니 그것은 '이러다가 꿈 하나도 못 이루고 인생이 엉뚱한 데로 흘러가지 않을까' 하는 고민에서 기인한 절실함 덕분에 가능한 일이었다.

자신의 사무실을 열고 일을 시작한 그녀는 결혼 준비

버킷리스트의 몇 가지라도 실천해보는 시간

에 대한 강연 요청도 종종 받았다. 주로 기업과 문화센터에서 요청을 했고, 강연에 참석한 사람이 고객이 되기도 했다. 최근엔 첫 책을 보다 완성도 있게 만들고 싶은 마음에 결혼 준비에 관한 다양한 정보를 집대성한 책도 출간했다. 마흔을 앞두고 그녀도 결혼을 했기에, 첫 책을 내던 당시에 미처 담아내지 못했던 부분을 좀 더 추가해 신부들의 마음을 다독여주는 책을 만들었다.

웨딩업계에 십수 년간 몸담으며 직업적인 철학도 생겼다. 이 일을 장사로만 생각하는 이들도 많지만 그녀는 그런 접근이 싫었다. 웨딩업계에서는 '스튜디오를 판다'는 식의 표현을 사용하곤 한다. 소위 '스드메(스튜디오, 드레스, 메이크업)' 진행을 대행하고 업체를 연결해주면서 수수료로 수익을 올리는 구조다. 그러나 막상 그녀가 결혼을 해보니 결혼 준비에는 '스드메'보다 더 중요하고 예민한 부분들이 많았다. 친구들 사이에선 의외로 허심탄회하게 털어놓기가 쉽지 않고, 가족과도 의논하기 어려운 것들. 그녀는 웨딩플래너가 그런 부분까지 상담해줄 수 있다면 좋겠다고 생각했다. 그래서 사업을 시작한 뒤론 자신이 회사를 다니며 배워

회사 그만두고 어떻게 보내셨어요?

왔던 것과는 조금 다른 방식으로 일하고 있다.

이제 그녀는 웨딩플래너 아카데미를 설립해 상업적인 면에만 치우치지 않고 바른 직업의식을 가진 웨딩플래너를 양성하고 싶다는 꿈을 꾸고 있다. 쌓아온 인맥을 바탕으로 업계의 여러 강사들을 불러 운영할 계획이다. 버킷리스트가 하나 추가된 셈이다.

도전하기

J실장은 이루지 못한 꿈들을 그대로 리스트에 간직하고 있다. 인문학적 소양을 길러주면서 실용적인 예술을 함께 가르치는 예술학교를 만들고 싶다는 건 한 번도 잊어본 적 없는 꿈이다. 어렸을 때 세운 계획처럼 50대에 이루진 못하더라도 언젠가 꼭 이루고 싶다. 퇴사 후 연애를 시작하며 바로 아일랜드에 가지 못했던 건 당시엔 잘한 선택이라 생각했지만 나중에 그 연애가 좋지 않게 끝나버려 약간의 후회가 생기기도 했다. 하지만 대신 그 시기에 쇼핑몰을 해보고 첫 책을 내기 위한 준비를 했으니 퇴사 이후의 시간은 충분히

버킷리스트의 몇 가지라도 실천해보는 시간

가치 있게 보냈다고 생각한다. 돌아보니 그 시기야말로 꿈꾸던 것들에 도전해볼 수 있는 시간이었다.

남은 버킷리스트 중에는 '죽기 전에 소설 써보기'도 있다. 사업자등록증을 내고 회사를 운영하던 초반에 한 사이버대학의 문예창작과에 편입했다. 책을 쓰면서 위안을 받은 만큼 더 잘 쓰고 계속 쓸 수 있기를 바라며 공부를 시작했고, 얼마 전에 졸업했다. 학교에 다니며 과제 중 하나로 소설을 써보긴 했지만 소설인지, 시나리오인지, 경험에서 나온 에세이인지 정체가 모호한 결과물이 나왔다. 어쨌든 공부를 하면서 글을 쓴다는 게 더 재미있어졌고 전문적인 작가는 아니지만 예전보다 필력이 나아졌다는 느낌을 받았다.

직장생활을 하며 삶의 의미를 못 찾겠다고 하는 지친 후배들을 볼 때마다 그녀가 조언하는 것이 있다. 회사를 그만둘 때 당연히 경제적인 고민과 앞으로 어떻게 될지 모르는 불안한 마음을 갖게 되지만 지나서 생각해보면 오히려 그 시기에 가진 공백이 나중에 하는 일에 큰 도움이 된다는 것. 그러니 좀 더 멀리 보라는 것. 쇼핑몰에 도전한 뒤 몇 개월 만에 문을 닫았지만 어쨌든 경험해봤다는 것이 큰 재산이 됐다. 사진을 찍으러 다니고 직접 모델을 해본 것도 즐거운 추억이다. 결국 이렇게 사업을 하는 사람이 됐으니 좀 더 어릴 때 쇼핑몰도 해봤다는 게 하나의 훈장 같기도 하다.

그녀도 발밑만 보고 두려워했던 적이 있었다. 그런데 40대가 되면서 앞을 내다보고 좀 더 과감하게 일을 벌여봐도 크게 문제되지 않는다는 걸 깨달았다. 그녀가 6년간 근무한 첫 회사에서 퇴사한 뒤 이룬 것들이 그 증거다. 조직의 부속품으로 살아간다는 답답한 마음이 들었을 때 미련 없이 퇴사한 덕분에, 이루고 싶은 꿈에 도전했고 몇 가지 꿈을 이루었다. 그리고 남은 꿈을 잊지 않고 다시 한 번 돌아보며, 언젠가 이루리란 마음도 되새겼다.

모든 사람이 꼭 회사를 다녀야 하는 것이 아닌 것처럼, 모든 사람이 꼭 결혼을 해야 하는 것도 아니다. 그녀는 결혼을 권장하는 직업을 갖고 있지만, 여자들이 가진 결혼에 대한 걱정과 불안을 잘 알기에 결혼이란 진학하듯 할 일이 아니라고 말한다. 만약 안정감을 가지고 싶은 것이 단 한 가지 이유라면 그것을 위해 치러야 할 것이 너무 많으므로 굳이 하지 않아도 되는 것이 결혼이라고 말이다. 충분히 삶을

버킷리스트의 몇 가지라도 실천해보는 시간

즐기고 도전과 실패를 다 겪고 나서 더 마음 깊고 지혜로운 사람이 되었을 때, 그때 사랑하는 사람을 만나도 된다는 것이 그녀의 생각이다.

회사생활이나 결혼에 대해 고민이 될 때 중요한 것은 지나치게 조바심을 내거나 겁을 먹지 않는 것이다. 해보고 싶은 것을 이것저것 시도해봤을 때, 모두 실패한 줄 알았던 순간에 아주 큰 것을 얻기도 한다. 그리고 그렇게 얻은 것들은 시간이 지나야 제대로 보인다.

110

Think — 희망

회사에 다니면서 시간이 없어 제대로 못하는 것들은 무수히 많다. 업무 강도가 높아 모든 에너지를 회사에 뺏기다 보면 취미생활이나 운동, 소중한 사람에게 안부를 묻는 일 등 별로 대단할 것 없는 일상조차 버겁다. 그렇게 하루하루 버티다 문득 정신을 차리면 자신이 놓친 것들과 미안한 사람들의 얼굴이 떠오른다.

얼마 전 어느 노동자의 과로사 소식이 사회적 이슈가 된 후, 우울한 뉴스가 이어졌다. 한국은 OECD 국가 중 취업자 1인당 연간 평균 노동시간이 멕시코에 이어 2위를 차지한다. OECD 국가 중 연간 평균 노동시간이 가장 짧은 독일과 비교하면 1년에 넉 달을 더 근무하는 셈. 그에 비해 임금은 70% 수준이다. 일본과 비교해도 한국 사람들은 44일을 더 일한다. 한국이 업종을 불문하고 전체적으로 근무 강도가 높은 나라라는 것은 알고 있었지만 다른 나라들과 비

회사 그만두고 어떻게 보내셨어요?

교해 객관적으로 보여주는 수치는 놀랍기만 하다.

이런 나라에서 직장생활을 하며 일상에 필요한 것과 나를 돌보는 소소한 일들을 챙기면서, 동시에 퇴사 이후에 꼭 하고 싶은 일을 생각해보고 틈틈이 시도해보라는 건 이상적인 이야기일지도 모르겠다. 그럼에도 '버킷리스트'라는 단어가 쉬이 쓰이는 건 '죽기 전에'라는 전제가 붙는 까닭이다. 언젠가는 꼭 이루고 싶지만 월급 받는 회사에 다니고 있는 지금은 도전해볼 수 없는 꿈들. 사실 그 '언젠가'란 과연 언제가 될지 기약이 없다. 그래서 당장은 손에 잡을 수 없는, 조금은 허황된 일들까지 리스트에 오르곤 한다.

그래도, 지금 밥벌이에 너무나 바쁘더라도 '퇴사를 준비하는 마음의 자세' 정도는 갖춰볼 수 있을 것 같다. 차근차근 퇴사 이후의 삶을 준비해보는 것이 가장 바람직하겠지만 그럴 만한 여력이 안 된다면 앞으로 하고 싶은 것들을 생각해보고 간단한 계획이라도 세워보는 거다. 원하는 시기에 원하는 방식으로 퇴사할 수도 있지만 언제라도 예기

버킷리스트의 몇 가지라도 실천해보는 시간

치 못한 시점에 회사를 나올 수도 있다. 퇴사 이후를 조금이나마 준비했다면 갑자기 주어진 시간 앞에서 무기력에 빠지는 대신 직장을 다니면서는 할 수 없었던, 그러나 꼭 하고 싶었던 일들을 펼쳐볼 수 있을 것이다.

인생은 때론 전혀 뜻밖의 방향으로 흘러가기도 한다. 하지만 아무것도 하지 않고 가만히 있는 상태에서는 당연히 아무 일도 일어나지 않는다. 커리어 역시 마찬가지다. 회사에서 하던 일과 업무를 통해 만났던 사람들이 퇴사 이후에 또 다른 콘텐츠나 인연이 되어 새로운 일로 이어질 가능성이 있다. 무모한 일을 벌이다 실패하더라도 의외의 방향을 발견할 수도 있다.

세계적 지성으로 꼽히는 레베카 솔닛은 한 인터뷰에서 이런 말을 했다. '어떤 일이 일어날지 모르는 불확실성 속에서 우리가 해야 할 일은 행동하고 새로운 희망을 찾는 것이다.' 크게 보면 삶의 태도에 관해 이만한 현답이 없을 것 같다. 이 말을 직장생활과 퇴사에 적용해보면 이런 결론이 나온다. 회사를 다닐 땐 퇴사 이후를 염두에 두고 좋아하는 것들을 간직하며 살 것, 퇴사 이후에는 불확실성을 감당하며 할 수 있고 하고 싶은 것들을 시도하고 실험해볼 것, 실패하더라도 새로운 방향을 찾을 수 있으리란 희망을 가질 것. 자기 인생의 주도권을 쥔다는 것은 이런 태도에서 비롯되는 게 아닐까.

버킷리스트의 몇 가지라도 실천해보는 시간

6

발길 닿는 대로 보고 느끼는 시간

소위 '꿈의 직장'이라 불리는 곳이 있다. 물론 개인의 이상에 따라 차이가 있겠지만 일반적으로 취업을 희망하는 많은 이들에게 꿈의 직장으로 불리는 곳은 공기업이나 외국계 기업이다. S씨가 근무한 글로벌 공기업은 무역이나 투자 관련 업종을 찾는 학생들이 선망하는 회사로, 공기업이면서도 해외 근무를 해볼 수 있어 입사를 열망하는 이들이 유독 많다. 물론 아무리 근사한 회사로 보여도 조직생활에 대한 만족도는 사람마다 다를 수 있다. 그녀도 남들이 부러워하는 이 글로벌 공기업에 두 번 입사했다가 두 번 퇴사했다.

대학에서 러시아어를 전공한 그녀는 휴학도 하지 않고 달려온 4학년 2학기, 스물셋의 나이에 이른 취직을 했다. 국내보다 해외에 더 많은 조직을 갖춘 이 회사는 중소기업을 지원해 수출에 기여하는 것이 주요 사업으로, 마침 러시아어 인력을 필요로 했다. 입사 후 몇 년간 국내 근무를 하다가 해외 파견근무를 몇 년간 하고 다시 국내에 들어오는 식으로 국내 근무와 해외 근무를 순환하게 되어 있었다. 그녀는 입사 초기부터 일복이 많았고, 2, 3년차 정도 됐을 때는 이미 과장급이 할 만한 일을 맡아서 할 정도였다.

발길 닿는 대로 보고 느끼는 시간

첫 사회생활이니 달리 비교할 곳은 없었지만 회사는 러시아어에 능통한 그녀에게 그와 관련된 전문성을 요구하기보다는 일을 적당히 빨리 끝내는 것을 더 인정해주는 분위기였다. 하나를 해도 꼼꼼하고 완성도 있게 해내려 노력하는 그녀에겐 꽤나 힘든 분위기였다. 어느 정도 버티다 보니 파견근무를 나가야 할 시기가 왔다. 그녀가 파견된 곳은 블라디보스토크. 1년 중 절반 이상이 겨울인 나라에서 2년 반 정도 해외 주재원으로 근무했다. 마음이 힘든 순간도 많았지만 그 기간 동안 현지 직원들과 함께 일하며 다양한 경험을 쌓았다.

그런 그녀가 퇴사를 결심한 것은 한국으로 돌아와 다시 국내 근무를 시작하고 1년쯤 지났을 무렵이었다. 당시 그녀는 해외 조직망을 운영하는 업무를 맡아 해외에서 근무하는 직원 7백여 명을 혼자 관리하는 포지션에 놓였다. 물리적으로 거의 불가능했다. 전공인 러시아어에 대한 애착이 컸지만 막상 한국에 돌아와 맡은 업무는 전공과 무관하다는 점에서도 갈등이 생겼다. 그때 나이가 스물아홉. 서른을 맞는 많은 직장인들이 그렇듯 그녀도 커리어에 대한 고민

120

이 깊어졌다. 서른, 완전히 다른 업종의 회사에 신입으로 입사해도 다시 시작할 수 있는 나이. 그렇게 생각하고 이직을 해보기 위해 노력했지만 뜻대로 되지 않았다. 그때 문득 '대학원에 진학해 공부를 더 해보는 건 어떨까?' 하는 생각이 들었다. 사실 일찍 취업하느라 학교를 오래 다니지 못한 것에 대한 아쉬움이 있었다. 그녀는 대학원 합격 후 첫 직장을 그만두고 학교로 돌아갔다.

30대에 시작한 대학원 생활은 기대와 좀 달랐다. 사회생활을 7년이나 경험하고 학교로 돌아가서인지 순수학문을 연구하는 것이 멀고 어색하게 느껴졌다. 노어노문학과 석사과정을 밟았는데 논문을 읽고 발제하는 식으로 반복되는 수업이 답답했다. 학자의 길을 걸을 것도 아닌데 이론 위주의 수업을 계속해야 할지, 혼란스러웠다. 그래서 두 학기를 다닌 후 차분히 생각해보는 시간을 갖기 위해 휴학했다. 대학 입학부터 쉼 없이 공부하고 일하다 대학원에 가서야 비로소 첫 휴식을 맞게 된 것이다.

그녀는 공부도, 일도 하지 않는 인생 첫 방황기를 나름대로 즐겼다. 그런데 때마침 그만둔 회사에서 연락이 왔다.

121

퇴사한 직원들을 대상으로 다시 일할 의사가 있는지 수요 조사를 하고 있다면서 그녀에게 재입사를 권했다. 한번 그만둔 회사에 다시 들어가도 괜찮을까 고민이 됐다. 사회생활을 시작한 곳이라 미련이 남아 있기는 했다. 판단력이 부족했던 어린 나이에 잘못된 마인드로 일을 한 건 아닌지, 만약 그런 이유로 힘들었던 거라면 다시 한 번 들어가서 다른 태도를 가지고 일을 해보는 건 어떨지. 그런 마음으로 재입사를 하기로 했다. 입사 동기들이 해외 파견근무를 마치고 돌아와 국내 근무를 하고 있었으니 심적으로 기댈 곳이 있다는 점도 장점이었다.

재입사 후 맡은 일은 경제 분야의 정보를 조사하고 보고서를 쓰는 일. 역시 전공과 무관하고 전혀 관심 없던 분야의 일이라 예전의 힘들었던 경험이 반복되는 게 아닌가 싶었다. 하지만 애초에 마음을 내려놓고 다시 시작한 일이니 열심히 해보자는 생각으로 임했다. 매일 신문을 읽고 기존 보고서 형식을 참고해가며 어떻게든 주어진 일을 해냈다. 그런데 정작 그런 일보다 그녀를 더 힘들게 한 것은 계약 조건이었다. 첫 입사 때는 공채로 입사했지만 재입사 때는 계

회사 그만두고 어떻게 보내셨어요?

약직으로 들어가 1년 단위로 재계약을 하게 됐다. 급여는 예전 수준이었지만 성과급을 받지 못하는 등 동기들과 다른 대우를 받았다. 점차 불만이 생겼다. 또 지난번 퇴사 당시에는 대리 직급이었지만 이번에는 전문위원이라는 애매모호한 계약직 직책으로 일하게 되었는데 사실상 사원급이나 마찬가지였다. 제대로 대우를 해주는 것도 아니면서 일은 점점 더 많아졌고, 본부장과 사장 등 임원들과 소통해야 하는 중대한 일까지 맡겨졌다.

기회가 된다면 기존처럼 정규직으로 전환하는 것도 가능할 거라는 팀장의 이야기를 믿고 그녀는 계속 맡은 일을 잘 해냈다. 하지만 회사는 그녀에게 무기계약을 제안했다. 아무런 보상이나 동기부여 없이 계약직 상태를 연장하는 무기계약을 하는 과정에서 그녀는 회사에 크게 실망했다. 자신의 신분을 보장해줄 것만 같았던 사람들은 이내 다른 부서로 옮기거나 해외로 파견근무를 나가버렸고, 회사에 그녀의 입지를 보장해줄 사람은 없었다. 무기계약을 했지만 회사로부터 뒤통수를 맞았다는 생각을 떨칠 수 없었다. 게다가 회사 분위기는 예전과 달리 삭막했다. 사람들은 전보

발길 닿는 대로 보고 느끼는 시간

다 더 일에 허덕이며 살았고, 야근을 생활화하며 헌신하는 사람만이 간신히 승진했다. 저렇게까지 하면서 살아야 하나, 아니, 저렇게 살 수 있을까, 회의감이 들었다.

회사가 사람을 대하는 태도에 실망하자 일할 의욕이 사라졌다. 공채로 입사해 근무할 때는 몰랐지만 재입사 이후에는 비정규직이라는 위치에서 사회적 약자에 대한 생각도 많이 했다. 같은 회사에 다시 들어가기로 했을 때는 누가 뭐라 해도 의연하게 일해보겠다는 마음이 있었다. 처음엔 그 마음을 유지했지만 나중에는 여러 가지 상황이 그녀를 뒤흔들었다. 대학원을 휴학한 뒤 2년이 흐른 시점이었다. 석사학위로 무엇을 할 수 있을지 확신은 없었지만 우선 공부를 마치자는 생각이 들었다. 회사를 다니면서 다시 대학원 수업을 듣기 시작했다. 그리고 논문을 써야 할 때가 되자 사직서를 냈다. 대학원이 회사를 그만둘 빌미가 될 만큼 그녀는 지쳐 있었다.

두 번째 퇴사를 하기 몇 달 전의 일이다. 그녀는 우연히 신문에서 '유라시아 친선특급 국민원정대'의 모집공고를 보게 됐다. 대학 시절 1년간 교환학생을 갔던 것, 파견근무

회사 그만두고 어떻게 보내셨어요?

를 나간 것 말고도 기회가 될 때마다 러시아 곳곳을 여행하면서 시베리아 횡단열차를 타보고 싶다는 생각을 늘 가지고 있었다. 원래 시베리아 횡단열차는 블라디보스토크에서 모스크바까지 가는 코스인데, 유라시아 친선특급 열차는 블라디보스토크에서 모스크바를 넘어 베를린까지 가는 코스였다. 지구 둘레의 3분의 1에 해당하는 거리를 달려 유라시아를 횡단하는 특별한 여정인만큼 참가자들의 경쟁률은 11대 1에 이르렀다. 그녀는 지원 서류를 냈고 면접을 거쳐 합격했다. 그리고 망설임 없이 연차를 내곤 열차에 올랐다.

문화·예술, 언론, 학술 등 분야별로 모집된 각계각층의 사람들이 한 열차를 타고 이동하면서 지나는 도시마다 이벤트에 참여하고, 행군을 하고, 주최 측에서 준비한 공연을 관람했다. 열차 식당 칸에서는 인문학 강연을 비롯한 다양한 프로그램이 진행됐고, 객실에서는 마음 맞는 사람들 간의 친목 모임들이 이어졌다. 사람들과의 만남이야말로 가장 강렬한 경험이었다. 공부만 한 뒤 사무직으로 일하면서 비슷한 사람들만 접해오다가 열차에서 처음으로 무척 다양한 사람들을 만났다. 특히 네 명이 함께 숙식을 하는 침대 칸에서

125

같은 공간을 사용한 또래 여성 셋과 많이 친해졌다. 모두 다른 일을 하면서도 비슷한 고민을 가지고 있었다. 그 고민이란 평범하게 그저 흘러가듯 살고 싶지 않다는, 열정적인 삶의 태도에서 비롯된 것이었다. 그녀는 횡단열차에서 만난 사람들을 통해 다양한 삶의 방식을 보고 신선한 충격을 받았다. 그들을 만난 것이 앞날을 위한 생각의 전환점이 됐고, 한편으로는 답답한 직장생활을 돌아보는 계기가 됐다.

공기업의 장점은 부당하게 해고되는 일이 적고 보수가 좋다는 점이지만 그것을 진정한 장점으로 인정하느냐는 개인의 가치관에 따라 다를 것이다. 부당하게 해고되지 않더라도 조직 내에서 얼마든지 부당한 일이 벌어질 수 있다. 이때 안정성이라는 큰 장점만을 생각하며 참는다면 악조건을 계속 견뎌야 할 것이다. 급여에 대한 만족도 또한 업무량과 업무강도에 비해 사람마다 체감하는 정도가 다르다. 꿈의 직장이라는 기업도 누군가에겐 무의미하고 견딜 수 없어 탈출해야 하는 곳이 될 수도 있다. 그녀는 다시 사직서를 냈다. 그렇게 글로벌 공기업에서 두 번이나 자발적으로 퇴사한 직원이 됐다.

126

회사 그만두고 어떻게 보내셨어요?

퇴사하자마자 편도 항공권을 끊어 홀로 날아간 곳도 역시 러시아였다. 극한의 추위를 견뎌야 하는 1월, 이르쿠츠크에 도착하니 영하 30도의 날씨가 기다리고 있었다. 구체적인 일정을 짜지 않고 숙소에 짐을 푼 뒤 쉬엄쉬엄 돌아다니기로 했다. 추운 날이 많은 열악한 기후에도 묵묵히 순응하며 그것을 삶의 일부로 받아들이는 러시아 사람들의 모습을 통해 배우는 점이 많았다. 이르쿠츠크는 오래전 죄수들과 정치범들을 보냈던 시베리아의 유형지로, 러시아 제국 시절 근대적 혁명을 꾀한 데카브리스트(Dekabrist)들도 이곳에서 유배생활을 하면서 문화적인 흔적을 남겼다. '시베리아의 파리'라 불릴 만큼, 크진 않지만 볼거리가 많았다.

그녀는 그렇게 바이칼 호수에 닿았다. 여름에 바이칼 호수에 가본 적은 있었지만 꽁꽁 얼어붙은 겨울의 호수는 처음이었다. 바이칼 호수 안에는 관광지로 유명한 알혼섬이 있다. 그녀가 그곳을 찾았을 땐 섬 주변이 모두 얼어붙어, 두꺼운 얼음 위로 차가 달릴 정도였다. 바람까지 심하게 불어 견디기 힘들 만큼 추웠지만 그녀는 이상하게도 그 풍경을 보며 마음이 편안해졌다. 퇴사 후 혼자 떠난 여행. 조직

발길 닿는 대로 보고 느끼는 시간

에서 벗어나 모든 일을 놓아버린 홀가분한 상태에서 바라본 대자연. 목적 없이 떠난 몇 주간의 여행에서 그녀는 치유되는 느낌을 받았다.

좋아하는 일로 돈 벌기

여행을 마치고 한국에 돌아와 석사 논문을 준비하던 중 한 출판사로부터 연락을 받았다. 그녀가 틈틈이 러시아에 대해 글과 사진을 포스팅한 것을 찾아보고 여행서를 출간해보자고 제안한 것이다. 반가운 제안이었지만 시중에 나와 있는 책들보다 더 잘 쓸 수 있을지 걱정이 됐다. 시장조사를 하며 고민하던 중, 시베리아 횡단열차에 관한 책을 쓰기 위해 열차를 타고 취재를 다녀온 여행작가를 소개받았다. 이미 다른 가이드북을 출간한 경험이 있는 그는 함께할 공저자를 찾고 있었다. 그녀는 함께하기로 했다. 공저로 여행서를 쓰는 동안 러시아 전문 팟캐스트로부터 고정패널로 출연해달라는 제안도 받았다.

그뿐이 아니었다. 출판사의 또 다른 제안으로 이번엔 블라디보스토크에 대한 여행서를 쓰기로 했다. 2년 넘게 살았던 곳이지만 다시 한 달간 취재 여행을 떠나 구석구석 둘러보고 사진도 찍었다. 첫 직장생활을 하던 당시 파견근무를 하며 힘든 시간을 보낸 곳이라 그녀에겐 더 의미가 있었다. 그러면서 그녀는 9년간의 직장생활을 다시 한 번 돌아보게 됐다. 명확한 목표를 두고 쭉 걸어왔다기보다는 우왕좌왕했던 시간이었다. 그 시간 속에서 틈날 때마다 어쩌면 도망치듯 러시아로 여행을 떠났던 것이 결과적으로 좋아하는 일을 할 수 있는 새로운 길을 열어줬다. 지금은 앞으로 걸어나갈 방향이 보다 명확해졌고, 지금까지 생각하지 못했던 새로운 일들이 자연스럽게 다가오고 있다. 모두 홀쩍 여행을 떠나지 않았다면 얻지 못했을 기회들이다.

퇴사 후 석사학위를 받고 인생에서 큰 의미가 있는 여행을 다녀오고 여행서까지 출간한 그녀는 보다 의미 있는 일을 하고 싶어졌다. 러시아 관련 콘텐츠를 계속 개발하고 알리며 필요하다면 회사에 재취업할 생각도 하고 있다. 러시아어를 필요로 하고 러시아와 관련된 자신의 경험과 능력을 발휘할 수 있는 곳이라면 어디든 나설 생각이다. 회사

129

를 다니는 동안 주어진 환경 속에서 주어진 일을 기계적으로 해내며 돈을 벌었다면, 이제는 좋아하는 일을 하면서 보다 의미 있게 돈벌이를 하고 싶다는 생각이 섰다. 사람을 소모품처럼 대하는 곳이 아니라, 사람에 가치를 두고 개인의 능력을 존중해주는 조직에서 일하고 싶다는 확실한 조건도 내걸었다. 이 길이 그녀가 두 번의 입사와 두 번의 퇴사, 그리고 여행을 거듭하며 찾아낸 새로운 길이다.

Think — 재도전

만남에도 이별에도 이유가 있다. 그만둔 회사에 다시 들어간 사람을 두고 헤어진 연인과 다시 만난 것에 비유하기도 한다. 이별의 이유가 충분해 헤어진 남녀가 다시 만난다면? 처음과 똑같은 이유로, 혹은 예전엔 몰랐던 새로운 이유로 다시 헤어질 수도 있고, 반대로 지난 실패를 거울삼아 해피엔딩으로 향할 수도 있다. 다시 만난 연인과의 해피엔딩이 결혼, 혹은 다시는 헤어지지 않는 것이라면 다시 만난 회사와의 해피엔딩은 재입사 후 승진을 거듭하며 인정받다가 세월이 흘러 명예롭게 퇴직하는 것 정도일까. 물론 이 비유는 우스갯소리로 들었을 때 재미있을지언정 그 이상은 의미가 없다. 사랑하는 연인 관계와 노동과 보수를 주고받는 갑을 관계는 근본적 차이가 있으니 말이다.

이직을 하거나 쉬다가 다시 일을 시작하는 상황에서 몸담았던 회사에 돌아가는 일은 가장 쉬운 선택일 수 있다. 입

회사 그만두고 어떻게 보내셨어요?

사 후 적응을 하기 위해 쏟는 엄청난 에너지를 생각한다면 비교적 잘 아는 분위기에서 아는 사람들과 함께 일한다는 것은 매력적인 조건이다. 완전히 새로운 곳에 가는 것보다 당연히 심적으로 편안하다. 이미 조직의 장단점을 알고 있으니 입사 후 조직 내부의 예기치 못한 문제와 맞닥뜨릴 확률도 상대적으로 낮다. 퇴사 후 다른 직장에 들어가봤으나 역시 그만한 곳이 없었다는 결론을 내렸다면 예전 직장으로 복귀할 수 있다는 것 자체가 행운일 수도 있다.

그런데 한편으로 재입사라는 선택 앞에서 빠뜨리지 말고 고려해야 것들이 있다. 과거의 퇴사 사유가 조직에 그대로 남아 있다면 이번에는 그것이 영향을 미치지 않을지, 그렇다면 어떤 방식과 태도로 극복해야 할지에 대해 미리 마음을 다잡아야 한다. 직원과 회사의 끊어졌던 인연이 재입사를 통해 다시 이어졌다면 또다시 퇴사할 때는 그 인연이 완전히 끝날 수도 있다는 현실적인 예상도 해야 한다.

나의 첫 번째 직장과 세 번째 직장은 같은 회사다. 첫 회

발길 닿는 대로 보고 느끼는 시간

사를 퇴사하고 두 번째 회사를 다니다 보니 서로 정반대의 장단점을 가진 두 회사가 자연스레 비교됐다. 두 번째 회사를 거쳐 6년 만에 첫 직장으로 돌아갔을 때, '너무 안전한 선택을 하는 게 아니냐', '왜 가보지 않은 방향으로 스스로를 던져보지 못하느냐' 하는 이야기를 들었다. 자발적으로 나온 조직에 왜 나는 자발적으로 다시 들어갔을까. 그에 대한 분명한 답은 그곳에서 다시 퇴사한 후에야 알게 됐다.

같은 시도를 반복하는 사람은 자신이 뛰어넘지 못한 어떤 것이 남아 있어 그 미션을 완수하고 싶은 욕구를 가진 경우가 많다. 안전을 지향하는 사람이라 재입사를 선택했다고 한다면 조금 억울할 일이다. 잘 알고 있는 조직이 주는 편안함을 선택한 것도 있겠지만 예전에 다하지 못한 것, 아쉬웠던 부분이 남아 있어 그것을 넘어서보려고 용감히 시도를 한 것이기도 하니 말이다. 떠나 있던 기간 동안 회사의 변화는 확신할 수 없더라도 자신은 다른 조직을 거치며 분명히 변화했고 그만큼 성장했으니 일종의 재도전을 하는

회사 그만두고 어떻게 보내셨어요?

셈이다. 재입사를 통해 다시 한 번 시도하고 싶은 것이 무엇이었는지, 그리고 이번에는 마침내 그 숙제를 풀었는지는 시간을 들여 생각해볼 일이다. 스스로 이유를 찾아 결론을 내린다면 한 단계 성장할 수 있는 기회가 될 것이다.

다시 만난 것에는 충분한 이유가 있고, 그럼에도 끝내 이별한 것에도 역시 이유가 있다. 같은 회사에 재입사하고 또다시 퇴사했다면 그 모든 과정이 인생에서 난이도 높은 허들 하나를 넘은 듯 큰 의미가 있다는 걸 깨닫는 순간이 찾아올 것이다. 그 순간이야말로 마침내 맞는 진정한 해피엔딩이다.

7
나를 들여다보는 시간

대기업에서 승승장구하며 잘나가는 사람이 있다. 대표이사와 임원들로부터 인정받고, 자신이 이끄는 팀 구성원들의 지지를 받으며, 고액 연봉뿐 아니라 사택과 차량까지 지원받고 있는, 모두가 부러워할 만한 직장인이다. 게다가 30대 후반에 간부 승진까지 앞둔, '밝은 미래'가 보장된 상황. 오너 일가가 아니라 정식 채용으로 입사한 직원으로선 예외적인 초고속 승진이다. 사회생활을 시작한 이후 어디서나 유능한 인재로 인정받았고 스스로도 일을 너무나 사랑하는 M팀장. 퇴사할 이유가 단 한 가지도 없어 보이는 그녀가 안정된 직장을 그만두기로 했다. 그전까지 네 차례 성공적으로 이직했고 단 한 번도 공백 기간을 갖지 않았던 그녀가 명함이 사라지고 월급이 끊기는 생활을 선택한 것은 이번이 처음. 그녀의 퇴사 사유는 남들이 듣기엔 조금 이상할 수도 있다. '마음공부'에 집중하기 위해서였다.

그녀는 회사를 다니며 1년 넘게 마음공부를 하고 있었다. 겉보기엔 화려한 직장생활이었지만 사실은 워커홀릭으로 몸과 마음을 혹사시키며 지칠 대로 지친 상태였다. 일에 몰입하는 수준을 넘어서 일 외의 다른 것들은 포기한 삶. 그

나를 들여다보는 시간

런 그녀에게 지인이 아봐타(Avatar®)라는 프로그램을 권했다. 미국의 교육심리학자 해리 팔머가 인지심리학과 뇌과학을 바탕으로 1980년대에 창시한 아봐타 프로그램은 과학적인 방식으로 인간의 의식 성장을 이끈다.

그녀는 무의식의 세계를 탐구한다는 데 호기심을 느껴 코스를 밟기 시작했다. 의식 탐구를 거듭하면서 큰 내적 성장이 이루어지는 경험을 했고, 사람들의 돌발적인 행동이나 격한 반응에도 크게 흔들리지 않는 방법을 알게 됐다. 자연히 공부에 더욱 매진하게 됐고, 어느새 출근하지 않는 날은 모두 마음공부에 투자하게 됐다.

내친김에 아봐타의 최종 과정인 위저드 코스까지 밟기로 했다. 그러기 위해서는 해리 팔머의 본거지인 미국 올랜도에서 13일간 수행하는 과정이 필요했다. 왕복 비행 시간 포함 약 16일간 회사를 비워야만 가능한 일정이었다. 그녀는 고민 끝에 퇴사할 각오로 긴 휴가를 냈고, 결국 허락을 받아 회사 창립 이래 가장 긴 휴가 기록을 세운 직원이 됐다. 물론 그 과정이 순탄치는 않았다. 중요한 승진 인터뷰를 앞두고 기나긴 휴가를 내겠다는 무모한 행동에 그녀를 아

회사 그만두고 어떻게 보내셨어요?

끼는 상사가 나서서 말리기도 했다.

　누군가에겐 그만한 휴가를 내는 것이 별일이 아닐 수도 있겠지만 '내가 없으면 회사에 큰일이 난다'는 막중한 사명감을 가지고 일하던 그녀에겐 그때의 결단이 한 단계 더 큰 의식 성장을 이루는 계기가 됐다. 책임감을 내려놓고 휴가를 요청하는 데는 매우 큰 용기가 필요했고, 그 일로 자신이 항상 어려워하고 잘 못 하던 것 한 가지를 극복한 듯했다. 긴 휴가를 떠나 자리를 비워도 회사는 잘 돌아가고, 자리를 비키면 아랫사람이 그 자리에 올라올 수도 있다는 걸 깨달은 것이다. 그녀에겐 자신이 아니라도 누군가가 할 수 있다는 생각을 갖기까지 많은 노력이 필요했다.

　갈수록 마음공부에 대한 욕심과 호기심이 생겼다. 회사를 다니면서 공부해도 이만큼 성장했는데 일을 그만두고 마음공부에만 집중하면 얼마나 성장할까 싶었다. 좋은 조건에서 일하고 있었기에 선뜻 그만둘 용기가 나지 않았지만 내적 갈망이 행동을 감행하게 했다. 마음공부를 하는 사람들이 흔히 하는 말이 있다. '마음먹은 대로 모든 현실이 창조된다'. 그 말처럼 '회사만 아니면 더 깊이 있는 공부를 할

141

텐데' 하는 간절한 마음이 곧 그녀를 퇴사라는 선택(현실의 창조)으로 이끌었다. 일이나 조직, 사람에 대한 불만은 전혀 없었다. 단, 시간이 필요했다. 마음이란 것에 대해 좀 더 깊이 알아볼 시간이.

아봐타로 마음공부의 세계에 입문한 그녀는 퇴사 후 원네스(Oneness)라는 프로그램을 배우기 시작했다. 아봐타가 인지과학과 뇌과학을 이용해 무의식을 끌어낸다면 인도의 슈리 바가반이 창시한 원네스는 과학적으로 증명할 수 없는 신성의 영역을 이용하는 의식 개발과 힐링 프로그램이다. 본래 무신론자인 그녀가 처음에 아봐타에 끌린 것은 그것이 과학적이기 때문이었다. 그에 비해 원네스의 첫인상은 지극히 비과학적이었지만 깊이 알아갈수록 분명히 인정할 수밖에 없는 부분이 있었다. 원네스의 여러 코스를 밟으면서 마음공부의 종착역은 내려놓는 것, '승복'이라는 것을 알게 됐다. 신성의 존재를 부정하면 한계에 맞닥뜨린다는 것, 종교가 없더라도 신성의 존재를 인정하고 내려놓는 순간 더 큰 성장을 이룬다는 것을 깨달았다. 마음공부와 종교가 맞닿은 부분이 바로 그 지점이었다.

142

그녀는 평일 낮에도 수업을 들으며 마음공부에 온전히 집중했다. 코칭 공부와 상담 공부도 병행했다. 역시 시간적 여유를 가지고 공부하니 매 경험마다 더 큰 통찰을 얻는 것 같았다. 사람의 유형을 크게 아홉 가지로 분류하고 유형화한 에니어그램(Enneagram)을 심도 깊게 공부했고, 몸과 마음의 연결과 작동 원리를 연구한 심신통합코칭도 배웠는데 하나하나가 모두 도움이 됐다. 종류는 다르지만 서로 통하는 부분이 있어 아봐타와 원네스, 에니어그램을 거친 뒤 심신통합코칭을 공부하자 코치가 깜짝 놀랄 만큼 배움과 깨달음에 가속도가 붙었다. 마치 여러 가지 프로그램을 통해 누적된 지식과 경험이 꽃을 피우는 듯했다.

함께 공부하는 사람들을 보면서 깨닫는 부분도 많았다. 코스를 밟다가 어느 정도 수준에 다다르면 힘든 사람을 도와주게 된다. 마음공부는 필연적으로 봉사를 수반하는 것이다. 아봐타의 마스터 직급에 이르면 다른 사람의 수련을 도와줄 수 있고, 원네스에도 남을 도와주는 '세바'라는 활동이 있다. 어느 시점부터 그녀는 종종 남을 돕는 자리에 가 있었다. 에니어그램 강의를 하기도 했다. 남들의 아픔을 통해 스스로의 모습을 들여다보고, 그들의 희로애락에 공감하며, 코스에 참여한 사람들이 고통을 뚫고 나가는 과정을 함께 경험했다.

그녀처럼 공부 자체에 목적을 두거나 친구의 추천으로, 혹은 상담을 위해 코스를 밟는 사람도 있지만 마음이 너무 힘들어서 지푸라기라도 잡는 심정으로 찾아오는 사람도 많았다. 마음이 고통스러우면 사람의 의식 수준이 바닥까지 떨어지게 마련이다. 그들이 정상인의 상태까지 올라오기 위해서는 도구가 필요하다. 그녀는 그들에게 적절한 도구로서 역할을 했다. 그로 인해 그녀가 배우는 것은 말로 다 할 수 없을 정도로 컸다. 물론 힘든 사람들을 만나서 덩달아 힘들 때도 많았지만 함께 공감하고 해결해나가면서 얻는 배움과 통찰이 분명히 존재했다. 마음공부 이후 임상 경험이 쌓이는 과정이었다.

퇴사 후 그녀가 겪은 한 가지 큰 변화는 경제적인 관점이 완전히 바뀐 것이다. 회사생활을 하는 동안 그녀는 통장에 월급이 얼마가 들어오는지 정확하게 모른 채로 늘 계산하지 않고 돈을 썼다. 그녀는 마음공부를 하면서 자신의 무

144

의식에 돈을 많이 가지는 것에 대한 죄책감이 자리잡고 있고, 탐욕스러운 사람이 되기 싫어 수입을 제대로 살펴보지 않았다는 걸 알게 되었다. 원네스에서는 당당하게 부를 추구할 것을 권한다. 돈이 없어 애면글면 살아가는 것도 트라우마가 되니, 할 수 있는 만큼 추구하라는 것이다. 원네스에서 부 의식을 주제로 한 코스를 밟으면서 돈을 더 많이 가지는 것이 부끄럽거나 미안한 일이 아니라, 가진 만큼 남을 도와주면 되고 그렇게 하는 것이 사회에 기여하는 일이라는 생각의 전환이 일어났다. 부에 대한 잘못된 관념을 버리고 돈을 가치 있게 쓰는 일이 중요하다는 것을 배웠다.

돈에 관한 관점을 재정립하는 동시에 일상은 미니멀 라이프로 향했다. 트렌드를 따라가야 하는 업계에 종사하며 사람들을 많이 만나느라 옷과 신발이 한 계절에 한 번 입고 신기도 벅찰 만큼 많았다. 그런데 넓은 사택에서 임시로 머물 원룸으로 이사하자 물리적인 공간이 부족했다. 때마침 '심플 라이프'가 사회적 키워드로 떠올랐는데 그녀는 생활환경이 바뀐 탓에 자연스럽게 미니멀 라이프를 시작하게 됐다. 진짜 필요한 게 무엇인지 몇 번에 걸쳐 생각하고 또 생각하는 새로운 나날이었다. 언론에서 말하는 '미니멀'이라는 게 대단할 것 없고 당연하게 느껴졌다. 그리고 그때까지 간과했던 것이 있었다. 입지 않는 옷과 사용하지 않는 불필요한 물건들이 집에 쌓일수록 그로부터 서운함이나 소외감과 흡사한 나쁜 에너지가 생성된다는 것. 그 또한 마음공부를 통해 얻은 통찰이었다. 쓰지 않는 물건을 덜어내는 것만으로도 공간이 정화되는 것 같았다.

그렇게 마음공부를 하고 여행을 다녀오는 사이 1년이 지났다. M팀장은 항상 취업이 잘됐기 때문에 퇴사 당시만해도 재취업에 대해 걱정이 없었다. 하지만 1년을 기점으로 불안감이 싹트기 시작했다. 취업 시장에 제출할 이력서에 명확히 설명할 수 없는 공백 기간이 점점 길어지면서 이렇게 경력단절이 되는 게 아닌가, 염려가 생기며 조급해지기도 했다. 애초에 그녀는 마음공부를 하며 쉬어가는 시간이 필요했을 뿐 일을 완전히 그만둔다는 생각은 한 번도 한 적이 없었다. 당연히 일을 다시 하리라 생각했는데 예상보다 그 시점이 더 늦어졌다. 재취업을 하겠다고 나서자 헤드헌터들은 공백이 1년이 넘어가는 그녀에게 예전 커리어에 비해 한참 부족한 자리를 마구잡이로 들이밀었다. 그들이 숱하게 제시하는 포지션 중에 가고 싶은 자리는 없었다. 급하다고 아무 곳에나 갈 순 없는 일. 그녀는 갈 자리가 아니라는 생각이 들면 절대 움직이지 않았다. 그리고 불안한 마음을 다스리기 위해 그동안 공부해온 내용을 되새겼다.

마음공부를 하면서 논리적으로 설명할 수 없는 초자연적인 일을 종종 겪었다. 더 이상 돈을 벌 수 없으면 어쩌나 하는 공포가 마음을 뒤흔들 때는 태어나서 처음 느끼는 종류의 두려움을 느꼈다. 그러나 그때 무의식의 세계와 신성의 존재를 믿고 스스로에게 집중하면서 얻은 깨달음이 컸다. 회사에서 늘 인정받아온 것은 자신이 열심히 했고 능력이 뛰어났기 때문이라고만 생각했지만 이제는 그것이 전부가 아니라는 것을 알고, 자신을 도와준 여러 가지 환경과 신성의 힘에 대해서도 생각한다. 회사를 그만두지 않았다면 영원히 하지 못했을 생각이다. 그녀는 두려움의 감정에서 벗어났을 때 비로소 원하는 자리에 원하는 수준의 연봉으로 재취업할 수 있었다. 회사를 그만둔 지 1년 5개월 만의 일이었다.

마음공부를 하지 않았다면 취직이 되지 않아 애태우던 시간이 매우 고통스러웠을 거라고 M팀장은 말한다. 실업 상태가 길어지자 겉으로 표시 내지 않는 가족들, 친척들의 걱정까지 절실하게 다가오기도 했다. 다행히 마음공부를 통해 주위에 휘둘리지 않고 더욱 자신에게 집중할 수 있었다.

새 직장에서 그녀는 일과 사생활의 균형을 잘 유지하고 있다. 일을 사랑하는 건 예전이나 지금이나 변함없지만 사랑의 방식이 조금 달라졌다. 과거에는 과도하게 일에 집착했다. 그 결과 회사에서 인정받았지만 대가는 컸다. 말 그대로 몸과 마음을 다 바쳐 일하다가 쓰러져 병원에 실려 간 적도 있었다. 지금은 스스로를 버려가면서 지나치게 매달리는 것은 정상적인 사랑이 아니라는 것을 잘 알고 있다. 일을 사랑해서 얻은 것이 많지만 잃은 것이 많았다는 사실도.

왜 그렇게 자신을 혹사하면서까지 남들에게 자신의 능력을 끊임없이 증명하려 했을까. 인생의 다른 모든 즐거움을 버리고, 계절이 바뀌는 것조차 모른 채로. 그녀는 몸과

회사 그만두고 어떻게 보내셨어요?

마음이 극도로 지쳐 있는 상태에서 아바타 프로그램을 접한 것이 매우 다행스러운 일이었다고 말한다. 사회생활 초반부터 어디에서나 계속해오던 야근을 뿌리 뽑은 것도 마음공부를 시작하면서부터였다. 새 직장에서는 초과 근무를 하지 않는다. 그래도 업무 성과는 전혀 떨어지지 않고, 여전히 능력을 발휘하며 고과를 잘 받아 빠르게 승진도 했다.

그녀는 진정으로 평온한 상태란 몸이 아프지 않고, 마음이 안정되며, 일을 하면서 자신과 주위가 행복한 상태라고 표현한다. 그리고 지금 그런 상태를 유지하고 있다. 예전에는 아랫사람들이 긴장할 정도로 센 기운을 풍기는 사람이었다면, 이제는 여유롭고 평온한 분위기를 풍기는 사람이 됐다. 마음이 넉넉해진 덕분이다. 실제로 편안해 보인다는 이야기를 많이 듣기도 한다. 얼굴 표정에서 내면의 평온함이 드러나니 주위 사람들이 쉽게 알아차리는 것이다.

마음 상태가 바뀌니 사람을 이해하는 폭도 커졌다. 물론 사람이 다른 사람을 완벽히 이해하는 것은 가능하지 않지만 상대가 왜 그랬을까를 생각해보면 새로운 통찰을 얻는 계기가 됐다. 누군가가 화를 냈을 때 그 순간 속상하고 상처를 받았지만 어떤 심리가 작용해 그렇게 화를 냈을까를 이해하면 괜찮아졌다. 특히 직장 내에서 사람으로 인해 겪는 스트레스는 확연히 줄어들었다. 스트레스와 불필요한 감정적 소모가 줄고, 그 덕분에 에너지가 분산되지 않으니 자연히 하고자 하는 일에 더욱 매진할 수 있게 됐다.

마음공부를 시작할 당시에는 무의식의 세계를 알아가는데 흥미를 느끼고 자신에게 더욱 집중했다면, 배움이 깊어지면서 사람을 바라보는 시각이 확장돼 지금은 도움이 필요한 힘든 사람들에게 적절한 조언을 해주고 있다. 그녀는 1년 5개월의 시간 동안 비록 월급은 끊겼을지언정 돈으로 환산할 수 없는 가치 있는 경험을 했다고 고백한다. 그리고 그 뜻깊은 레슨이 앞으로의 삶에도 분명 좋은 영향을 미칠 거라고 믿고 있다.

회사 그만두고 어떻게 보내셨어요?

Think — 돈

회사에 입사하는 이유가 단 한 가지가 아니듯 퇴사를 할 때도 여러 가지 이유가 복합적으로 작용한다. 그렇다면 퇴사를 망설이는 이유는 무엇일까? 역시 몇 가지 이유가 작용하겠지만 대부분의 직장인들에게 압도적인 힘을 발휘하는 것은 월급이 끊긴다는 사실일 것이다. 당장의 생계 유지에는 문제가 없더라도 아주 넉넉한 '백수 자금'을 마련해두지 않은 이상, 수입이 끊긴 이후의 생활이 두려워 쉽사리 결단을 내리지 못한다.

실제로 퇴사를 하고 수입이 없어도 쓸 돈은 써야 한다. 월급의 유무와 무관하게 각종 공과금을 포함한 기본적인 생활비는 매월 나가고, 가입해놓은 보험도 갑자기 해지하기는 어렵고, 지인의 경조사 때 백수라는 이유로 눈을 질끈 감고 외면할 수는 없으니까. 아니, 시간이 생겼으니 씀씀이는 훨씬 더 커지기 십상이다. 여유로운 시간에 취미생활을 열심히 해보려 하면 돈이 들고, 재취업을 위해 자기계발을 하려 해도 수업료가 나가며, 긴 여행이라도 다녀오려면 큰돈이 빠져나가는 건 한순간. 경제적으로 큰 어려움이 없는 사람도 고정적인 수입이 끊기면 자신도 모르는 사이 위축되고, 일상생활에서 마음껏 소비하지 못해 한없이 작아지는 경험도 하게 된다. 돈 때문에 초라해지는 건 누구에게나 꽤 아픈 경험이다.

짧게는 몇 개월, 길게는 1년 넘게 월급 없는 생활을 한 적이 있다. 취재하고 글을 쓰는 직업을 가진 덕분에 몇몇 매체에 원고를 쓰며 비정기적으로 돈을 벌기도 했지만 꼬박꼬박 월급을 받던 시기와 비교하면 적은 수입이라 평소의 지출을 감당할 정도는 아니었다. 자연히 통장에 모아둔 돈과 퇴직금은 빠른 속도로 줄어들었다. 회사를 다닐 때와는 달리 얼마를 어떻게 지출하고 있는지 세밀히 살피고 생각하면서, 시간이 지날수록 적은 수입으로 살아가는 데 요령이 생겼다. 하지만 간혹 소비가 죄스럽다는 기분이 들 때면

153

답답하고 서글퍼졌다. '사회적 인간'으로 살아가기 위해 필요한 최소 비용은 과연 얼마일까를 생각하며, 어느 순간 이러다 마음마저 가난해지는 건 아닐까 하는 걱정도 들었다.

월급이 끊긴 기간이야말로 돈과 소비에 대해 생각해보기에 더없이 좋은 시기다. 수입이 없어 어쩔 수 없이 미니멀라이프를 실천하는 상황이 되면, 소비를 하면서 정말 필요한 것이 무엇인지 다시 한 번 생각해보게 되고, 그동안 없어도 불편하지 않은 것들을 너무 많이 가지고 누렸다는 사실을 깨닫게 된다. 월급이 없는 일상에서 추구할 것은 지극히 합리적이면서 현명한 소비생활이다. 그런 면에서는 가난을 겪어보는 것도 나름의 의미가 있다.

흥미로운 점 한 가지. 통장 잔고가 매우 넉넉한데도 월급이 끊겼다는 사실만으로 사람은 위축될 수 있다. 잔고 상황과 그에 대한 인식이 전혀 다를 때다. 중요한 건 어떤 마음을 가지고 어떻게 인지하느냐다. 여유 자금이 충분하더라도 돈이 없다고 생각하면 경제적 불안감이 시작되고, 많진 않더라도 한동안 기본적인 생활을 유지할 수 있는 만큼은 여유가 있다고 생각하면 적은 돈으로도 일상의 행복을 누릴 수 있다.

당장 내일의 생계를 걱정해야 하는 상황에서 갑작스럽게 월급 없는 삶으로 스스로를 내던지는 것은 물론 위험하다. 퇴직금 외에도 일정 기간 최소한의 생활비를 감당할 수 있을 만큼의 돈은 마련해두고 회사를 나오는 정도의 준비성은 필요하다. 그리고 월급이 끊겼을 때는 완전히 달라진 일상에서 과연 돈이 무엇인지, 자신의 소비 패턴은 어떤지, 돈에 관한 가치관과 습관을 한 번쯤 총체적으로 돌아보아야 한다. 돈에 대한 자신의 인식을 재발견하고 재정립하는 기회가 될 것이다.

8

더 나은 내일을 위해
투쟁하는 시간

Y작가는 아름다운 것에, 특히 예술의 아름다움에 끌리는 사람이다. 그녀는 10년간 출판사에서 근무했고 이후엔 작가로 전향해 책을 쓰기 시작했다. 다양한 주제로 글을 써오면서 특히 애정을 가진 것은 무용이었다. 오랫동안 무용을 사랑해왔고 좋은 공연을 보면서 기쁨을 느끼고 위로를 받아왔다. 그러던 차에 몇 년 전 무용계에서 존경받는 원로 무용인이 발행하는 한 무용 잡지와 인연이 닿았다. 90년대에 무용가들의 진취적인 활동을 알린다는 좋은 취지에서 출발한 잡지였다. 어디에도 적을 두지 않고 혼자 조용히 글을 쓰는 생활이 평화롭긴 했지만 잡지 일이 어떤지 궁금했고, 한번 경험해보고 싶었다. 무엇보다 오랜 무용 관객으로서 무용 매체의 제안이 반갑기도 했다. 예술계에서 일해보는 게 삶에도 도움이 되지 않을까 싶어, 1년 정도 일해보기로 마음먹고 무용 잡지 기자 생활을 시작했다. 월급은 출판사에 다니던 시절에 받았던 금액과 비교도 안 되게 적었지만 도와주는 개념으로 일주일에 세 번 출근하며 유연한 조건에서 근무하기로 했다.

막상 내부에 들어가보니 인력이 턱없이 모자라는 상황

더 나은 내일을 위해 투쟁하는 시간

이었다. 편집장을 포함해 세 명의 기자가 매달 잡지를 만들어야 했는데 편집장이 퇴사 의사를 밝히자 발행인은 편집장에게 출근하지 않고 편집회의만 참석하는 형태로 일을 계속하게 했다. 일손이 달리니 인턴을 뽑았지만 인턴 기자들은 적은 월급과 과다한 업무를 버티지 못해 곧 그만두었고 신규 인턴을 다시 채용해야 하는 일이 반복됐다.

일주일에 세 번 출근한다는 조건은 입사한 지 얼마 되지 않아 무너졌다. 매일 출근해 잡지가 정상적으로 나오도록 힘을 쏟아야 했고, 그렇게 매달 취재하고 기사를 쓰면서 후배들을 챙기는 사이 1년만 해보자고 시작한 일이 어느새 2년째로 접어들었다. 그리고, 그때부터 월급이 밀리기 시작했다. 그나마도 적은 월급을 분할해 지급하더니 한두 달씩 밀렸고, 근무한 지 3년째 접어든 해에는 6개월이나 급여가 지급되지 않았다. 다른 기자들도 상황은 마찬가지였지만 누구도 선뜻 퇴사를 결정하지 못했다. 워낙 적은 인력으로 꾸려진 팀이니, 다들 자신이 빠져나갔을 때 공백으로 인한 업무의 하중이 누구에게 실릴지 잘 알고 있었던 것이다. 그렇게 직원들은 팀워크를 좋게 유지하려 노력하며 힘든 시기를 버렸다.

　이 조직의 돈 문제는 비단 직원들의 급여에 국한된 것이 아니었다. 외부 필진에게는 원고료가, 인쇄소에는 인쇄비가 밀렸고, 잡지 편집을 담당하는 외주 디자이너 역시 적지 않은 디자인 비용을 받지 못한 채 일을 계속하고 있었다. 밀린 원고료 때문에 더 이상 기고하지 않겠다는 필진이 생겨나면 그 자리를 원고료 없이도 글을 기고할 수 있는 다른 필진으로 대체했다. 인쇄소와 디자이너는 일을 그만두면 그동안 쌓인 미수금조차 받지 못할까 봐 일을 계속했다. 그럴수록 체불 금액은 커졌다. 버티다 못한 이들이 악순환을 끊어야겠다고 결심하고 일을 그만두면 회사는 미지급액을 남겨 놓은 채 새로운 업체와 일을 시작했다. 그런 식으로 거래처마다 정산하지 않은 금액이 쌓여갔다.

　게다가 발행인이 주도하는 사업은 잡지뿐만이 아니었다. 예술축제, 기획공연, 극장 및 공연단체 운영, 무용 상 등 여러 사업을 병행하고 있었다. 그 모든 사업이 체계 없이 돌아가는 통에 잡지를 만들기 위해 입사한 기자들까지 그 사업들에 동원되는 일이 잦았다. 예술축제 지원금을 지원금

더 나은 내일을 위해 투쟁하는 시간

지출 항목이 아닌 극장 임대료로 사용하거나 기자들의 이름을 축제 스태프 명단에 올려놓고 인건비로 책정된 금액을 불법으로 페이백하는 등 투명하지 않은 예산 운용, 기획 공연의 참가비로 올린 수익금에 대해 세무 신고를 빼먹는 등 횡령과 탈세도 빈번하게 일어났다. 계획 없는 예산 운용 탓에 무용 상의 상패 제작비 몇십 만원을 지급하지 못하는 일까지 벌어졌다.

그녀는 발행인에게 적자가 나는 사업을 계속 유지하지 말고 정리할 것을 간곡하게 권해보기도 했지만 발행인은 그러지 못했다. 상을 통해 누군가를 선정하고 시상하는 것, 그리고 잡지를 통해 무용가에게 지면을 내주는 것. 이런 활동을 모두 권력으로 생각하고 그 권력을 놓지 못했다. 결국 무용 상은 폐지됐지만 1년이 다 되도록 상패 제작업체는 지난해의 미지급금을 받지 못해 독촉을 거듭했다.

상황이 이렇다 보니 그녀는 발행인에게 급여를 제때 받지 못한다면 생계를 위해 다른 일이라도 해야겠다고 말했다. 발행인은 다른 일을 자유롭게 하되 매달 잡지만 차질 없이 나오게 하라고 했다. 그것조차 '허락'해준다는 태도로.

회사 그만두고 어떻게 보내셨어요?

타 매체에 글을 쓰거나 책을 내는 등 다른 수입원을 동원했지만 심각한 임금체불이 이어지는 회사에 계속 다닐 수는 없었다. 무용가를 위한 잡지라는 애초의 이상과 달리 실제 잡지는 그럴싸한 간판을 내건 채 권력을 휘두르는 모습이었다. 그런 매체에 광고를 하는 무용인들은 광고주로서 갑질을 하려 들었다. 비정상적인 권력 다툼이 끊이지 않았다.

그녀가 발행인에게 퇴사 의사를 밝히고 실제로 퇴사하기까지는 7개월이 걸렸다. 월간으로 돌아가는 잡지업계에서는 퇴사 한 달 전에 사직서를 내미는 게 일반적이지만 그녀는 반년이 넘도록 퇴사를 위한 기나긴 투쟁을 벌여야 했다. 좋게 마무리하고 나오기 위해 발행인과 대화를 시도할 때마다 같은 이야기가 반복됐다. '밀린 급여를 주지 않고 매번 약속을 어기니 더 이상은 일할 수 없다'고 하면, '이렇게 어려운 형편을 왜 이해해주지 않느냐, 네가 이해해주지 않으면 누가 이해해주겠느냐, 왜 도와주지 않느냐'는 말로 붙잡았다.

한 분야에서 업적이 있는 어른이 회유하면 누구든 한 번은 흔들릴 것이다. 그런데 그다음엔 '더 이상 무용계에서 일

163

안 할 거야?' 하는 협박조의 말이 이어졌다. 무용 전공자가 아닌 그녀는 그런 말을 두려워하지 않았다. 하지만 떠나려는 와중에 새로운 사람이 들어왔고, 그 사람이 적응하도록 도와주기 위해 함께하는 시간이 필요했고, 그로 인해 퇴사 과정이 더 길어졌다. 그러는 동안 다른 사람들에게 몹쓸 짓을 하고 있다는 생각에 마음이 편치 않았다. 인수인계를 제대로 해줘야 자신이 빠져나갈 수 있으니, 후임자를 도와주면서 동시에 이용하는 상황이었는데 그것이 기만적이지 않은가 하는, 일종의 죄책감이었다.

외부에서는 이런 내부 사정을 모르니 채용공고를 내면 항상 과분한 스펙의 지원자가 몰려들었다. 무용을 전공했지만 춤을 그만둔 이들 중에는 공연기획 분야만큼이나 무용 잡지에 희망을 가진 사람들이 많았다. 무용가를 만나고 글을 쓰는 일을 하고 싶다는 해맑은 얼굴들을 대할 때마다 그녀는 점점 더 괴로워졌다. 이 세계가 늙은 현재를 유지하기 위해 젊은 인력들의 장래를 가져다 사용하는, 보이지 않는 착취 구조로 이루어져 있다는 것을 확인했기 때문이다. 후배들을 다독여 일하게 하고 기사를 쓰고 마감을 하며 자

164

회사 그만두고 어떻게 보내셨어요?

신이 그 구조가 유지되는 데 기여하고 있다는 사실이 부끄러웠다. 무용 잡지에 대한 꿈을 품고 이 회사에 입사할 미래 인력들이 아깝다는 생각이 들기 시작하자, 조용히 퇴사하는 방식으로 혼자 빠져나가는 게 결코 좋은 방법이 아닌 듯했다. 이 문제를 공론화시켜야겠다는 결심이 섰다.

그녀는 그곳에서 기자생활을 시작한 지 3년 만에 퇴사했다. 퇴사할 무렵, 미래 인력들에게 죄책감이 드는 이유가 무엇일까에 대해 깊이 생각했다. 그녀와 함께 일한 인턴들은 '무용계에서 일할 수 있다는 것 자체가 너무나 행복하다. 이곳에서 내가 할 수 있는 일이 있어 기쁘다'고 말하곤 했다. 그런데 발행인은 인턴이 하는 일이 마음에 들지 않을 때마다 '네가 이런 식이면 다른 데 갈 때 내가 좋은 추천서를 써주겠니' 하는 식으로 말하곤 했다. 꿈을 품고 이제 막 첫발을 내딛은 직원에게 할 말이 아니었다. 그녀는 발행인의 그런 태도가 무용계의 미래를 갉아먹는다고 생각했다. 무용계에서의 첫 커리어를 이런 회사에서 시작하는 사회 초년생들을 보며 마음이 아팠다.

인간은 왜 예술을 좋아하는 것일까. 예술이야말로 인간

의 정신문화를 고양시켜주고, 인간의 정신이 피폐해지는 것을 막아주며, 힘든 순간마다 사람을 일으켜 세워주기 때문이 아닐까. 그러나 그녀는 3년간 예술계에서 일하는 동안 예술인들이 인간의 정신문화를 고양시키는 게 아니라 끌어내리고 해악을 끼치기도 한다는 것을 알게 됐다. 당연히 그 해악은 예술을 향유하고 그것으로 정화하면서 살아가고자 하는 자신에게도 영향을 미칠 것이다. 그래서 그녀는 고발자가 되기로 마음먹었다. 자신이 살기 위해서라도.

그녀는 노동부에 찾아가 임금체불에 대해 1차 진정을 냈다. 그리고 집에 돌아와서 긴 글을 썼다. 회사 내부에서 어떤 일이 벌어지고 있는지, 임금체불이 얼마나 심각한 상황인지, 무용계에서 취재를 하고 기사를 쓰며 느꼈던 감정들을 솔직하게 써 내려갔다. 자신의 경험을 바탕으로 경고하고 알려주는 게 미래 인력들에게 가장 먼저 해줄 수 있는 일이라 생각했다. 남아 있는 기자들에게 피해가 가지 않도록 상황을 살피며 글의 공개 시기를 고민한 끝에 자신의 블로그에 글을 올리고 SNS에 링크를 걸었다.

2주가 채 되지 않는 기간 동안 조회수가 7천을 넘어간

166

그 포스트는 업계에서 큰 화제가 됐다. 무용계의 여러 페이스북 그룹에서 링크를 공유해 수많은 사람들이 글을 읽었다. 그녀를 아는 취재원들은 연락을 해왔다. 그런 줄 몰랐다고, 너무 고생이 많았다고, 무용계의 상황이 이래서 미안하다고. 그렇게 말해주며 마음 아파하는 이들은 모두 열정적으로 활동하는 젊은 창작자들이었다. 그녀는 무용계의 낡은 적폐와 늙은 창작자들을 고발했는데 오히려 아무런 피해를 주지 않은 젊은 창작자들이 사과를 하고 위로를 건넨 것이다. 늙은 창작자들에게 다시 한 번 화가 났다.

노동부에 진정을 낸 일과 관련해 삼자대면을 해야 했다. 진정을 낸 사람과 고발을 당한 사람이 노동부 사무관 앞에서 사실 확인을 하는 과정이 필요했다. 그녀는 발행인과 노동부에서 다시 만났다. 사무관이 그 자리에서 밀린 임금과 퇴직금을 합산해 사업주가 지불해야 할 총 금액을 계산해줬으나 최저 시급에도 못 미치는 급여를 주던 발행인에게 퇴직금이란 개념이 있을 리 만무했다. 발행인은 지금까지 퇴사한 직원들에게도 퇴직금을 지급한 적이 없다는 말을 당당하게 했다. 쉽게 해결이 나지 않자 사무관은 몇 시간

더 나은 내일을 위해 투쟁하는 시간

에 걸쳐 양쪽과 따로 면담을 했다. 결국 체불한 급여와 퇴직금을 11개월에 걸쳐 분할 지급하기로 약속하고 그 자리에서 발행인의 각서와 사인을 받았다. 사무관은 앞으로 분할 지급액이 제때 들어오지 않으면 그때는 노동부에 나올 필요 없이 서류를 들고 바로 법원으로 가면 된다고 했다.

처음 몇 달간은 지급액이 잘 들어왔다. 그렇게 3개월쯤 지났을 때였다. 그녀는 퇴사한 회사의 SNS 공식계정에 올라온 채용공고를 보고 자기 눈을 의심했다. 그녀가 폭로한 내부 문제가 파다하게 소문이 나, 누군가가 채용 게시물에 댓글로 '임금체불과 내부 문제는 해결되었느냐'고 질문을 했는데, 거기에 "네, 해결되었습니다^^"라는 답변이 달려 있었다. 노동부에 진정을 낸 끝에 분할 지급을 약속받았을 뿐 아직 체불 금액을 다 받지 못한 진행 중의 일에 버젓이 웃음 이모티콘까지 붙인 태연한 답변을 보고 아연해졌다. 그녀는 사건은 해결되지 않았고 아직 진행 중이란 것을 분명히 알리는 댓글을 달았고, 다시 개인 블로그와 SNS에 글을 써서 알렸다. 잡지가 계속 발행될수록 돈을 받지 못하는 인력과 업체가 늘어날 텐데, 그런 적폐의 온상에서 다시

회사 그만두고 어떻게 보내셨어요?

새로운 사람을 고용하겠다고 나서는 것을 가만히 보고만 있을 수는 없었다. 그대로 멈추고 물러날 일이 아니라 부끄러운 이야기라도 계속 목소리를 내서 무용계에서 일하려는 지원자들에게 경고를 하는 것이 양심적인 행동이라 판단했다. 힘들지만 해야만 하는 일, 겪어야만 하는 과정이었다.

문제에 대해 말하고 행동하기

부당한 업무환경에서 빠져나오려 할 때 퇴사자는 고민한다. 떠나고 나면 더 이상은 내 일이 아니니 '좋게' 끝내는 쪽을 택할지, 마음을 굳게 다잡고 외부에 문제를 알릴지. Y작가는 노동부에 진정을 냈고 분할 지급을 받기로 했으니 자신의 체불 금액만 받으면 조용히 일을 마무리 지을 수도 있었다. 취재원과 거래처에는 그동안 감사했다는 적당한 인사 정도를 남긴 채로. 하지만 그녀는 적극적으로 문제를 알리는 쪽을 택했다.

투쟁의 결과가 두렵거나, 회사 측의 회유와 협박에 결심이 흔들리지는 않았을까. 그녀는 우리 사회에 시스템이 작

더 나은 내일을 위해 투쟁하는 시간

동하고 있다는 것, 시스템이 있으므로 개인이 생존할 수 있고 부당한 일을 힘이 아닌 시스템으로 해결할 수 있다는 것을 경험으로 확인하고 싶었다. 그래서 싸우기로 했고, 간절히 이기고 싶었다. 고발과 투쟁의 결과 분할 지급이 이행되고 있는 현 시점에서 그녀는 아직까지는 이 사회에 시스템이 작동하고 있다는 걸 확인했고, 그것을 신뢰해도 되겠다는 용기를 얻었다.

적극적인 투쟁은 새로운 인연도 만들어주었다. 그녀는 퇴사 후 4개월 만에 한 민간 발레단에 입사했다. 단장은 잡지의 취재원이었을 뿐 친분이 있는 사람은 아니었는데 그녀에게 발레단의 기획팀장 자리를 제안해왔다. 무용계에 화제가 된 그녀의 포스트에 대해 알지만 조직에서 문제를 일으키는 직원이란 인상이 아닌, 무용을 사랑하고 그만큼 헌신하며 진심을 다해 일하는 사람이란 인상을 받은 듯했다. 무용계 내의 다른 단체에서 함께 일하자는 제안을 받은 것은 그녀에게 큰 의미가 있었다. 새로운 직장에서 맡은 일은 진심만으로는 감당할 수 없는 만만찮은 일이지만 전임자의 뒤를 이어 경험을 쌓으며 적응해가고 있다.

그리고 적폐를 고발하는 행동은 아직 끝나지 않았다. 퇴사 직전, 마지막 편집회의가 된 자리에서 무용계의 군기 문화와 열정페이, 폭력 등 여러 문제를 다루는 특별 기획 아이템이 거론됐다. 얼마나 깊이 파고 들어갈 수 있을지, 그것을 확실히 기사화할 수 있을지 확신은 없었다. 문학계, 미술계, 영화계 등 다른 예술계의 고발이 이어지던 시기였으니 장르의 특성상 대놓고 신체 접촉이 이루어지는 무용계의 문제도 공개적으로 다뤄보려는 의도였다. 그런데 설문을 만들어 SNS 계정에 올린 지 한두 시간이 지나지 않아 발행인에게 무용과 교수들을 포함한 여러 사람들의 항의 전화가 빗발쳤다. 기획의 진행 상황을 몰랐던 발행인은 기획을 즉각 중단하라고 지시했고, 특별 기획은 취재를 시작해보지도 못한 채 무산됐다. 파벌이 심한 무용계였지만 그런 일 앞에서는 다 함께 일사불란하게 움직였고, 무용 잡지는 결국 무용계의 기득권을 보호하는 역할에 그쳤다. 그녀는 퇴사 후 그 일에 대해서도 공개했다. 그리고 얼마 후 한 무용 웹진으로부터 그 기획을 더욱 깊이 있게 다뤄보자는 제안을 받았다. 문제를 파헤치고 목소리를 모아 크게 함성을 내려는 이들

171

과 뜻을 모은 것이다.

분명한 것은 말하지 않으면 바뀌지 않는다는 것이다. 부조리함과 억울함을 묻어두고 그저 지난 일로 흘려보내면 내가 다시 겪진 않더라도 그 길을 밟는 다음 사람이 문제를 또다시 경험한다. 개선되지 않고 점차 망가지는 그곳은 크게 보면 곧 내가 속한 세계다. 부당한 일을 보고 겪었으면서 알리지 않고 그것이 유지되는 데 기여한다면 그녀의 말대로 적폐의 공범이란 오명에서 벗어나기 어려울 것이다. 문제를 알릴 때는 괴롭고 부끄럽지만 마침내는 그 이상으로 가치 있는 것을 얻을 수 있다. 퇴사 후 보낸 투쟁의 시간을 통해 이 사회에 시스템이 돌아가고 있고 그로 인해 변화를 이끌어낼 수 있다는 희망과 용기를 얻은 그녀의 경우처럼.

회사 그만두고 어떻게 보내셨어요?

Think — 열정

얼마 전 요식업계의 한 회사가 올린 채용공고를 보다가 한 구절에서 눈길이 멈췄다. "저희 회사는 열정페이가 없습니다." 당연한 이야기를 마치 대단한 회사 홍보 문구인 양 써 놓은 것은 이미 너무 많은 회사에서 좋아하는 일을 하겠다는 노동자를 저임금에 고용하고 있는 게 현실이기 때문일 것이다.

열정을 가졌다는 것이 대체 언제부터 저임금 노동의 빌미가 되었을까. 신조어로 등장한 '열정페이'가 일상적 단어가 된 것은 가슴 아픈 일이지만 그 용어가 생기기 전부터 노동에 대한 정당한 대가를 받지 못하는 일은 있어왔다. 용어가 등장하고 본격적인 사회적 이슈가 된 건 2010년 이후. 부당한 고용이 관행적으로 성립되는 것은, 하고 싶은 일을 할 수 있다면 낮은 급여나 무보수의 조건을 참아보겠다는 지원자의 열정, 그것을 악용해 '경험'이란 시혜를 베푼다

회사 그만두고 어떻게 보내셨어요?

고 착각하는 사업주들이 있기 때문이다. 일을 사랑하고 그래서 열심히 해보려는 사람이 곧 약자가 되는 셈이다. 봉사활동이 아닌 이상, 좋아하는 일을 하는 것이 돈을 받지 않아도 되는 합당한 이유가 될 수는 없다. 열정페이는 곧 노동착취와 연결된다.

열정페이는 주로 겉보기에 화려하거나 멋있고, 재미있겠다고 생각하는 직종에 많이 존재한다. 언론·출판, 연극·영화, 패션, 예술 등 많은 이들이 선망하는 직종에서 일하는 사람들 중 하고 싶은 일을 한다는 이유로 열정을 담보로 잡힌 이들이 많다. 걸그룹에 소속된 한 가수가 공중파 프로그램에 나와 오랫동안 수입 없이 활동해온 것을 털어놓으며 아이돌의 열정페이에 대해 밝혀 화제가 되기도 했다. 화려하기로 따지면 첫손가락에 꼽힐 만한 연예인이란 직업을 가진 이가 그 단어를 내뱉는 모습에서 화려함 뒤에 존재하는 현실적 고충이 내비쳤다.

좋아하는 일을 하면서 돈을 벌 수 있다는 것을 개인이

더 나은 내일을 위해 투쟁하는 시간

행운으로 여길 수는 있다. 하지만 그것과 별개로 일한 대가를 정당하게 받는 것은 노동을 제공한 사람이 당연히 누려야 할 권리다. 일에서 의미를 찾고 맡은 일을 잘 해내려는 이들이 무보수 노동이라는 가혹한 조건 속에서 사명감으로 이를 악물고 버틴다면 어떻게든 결과는 나오고 조직은 돌아가게 마련이다. 그럴 때 회사가 부당함을 참고 일하는 이들의 간절한 마음을 악용하면 그 세계는 계속 상식이 사라져버린 채 움직인다.

만족스러운 급여가 입사 동기가 될 수 있듯, 적은 급여는 당연히 퇴사 사유가 될 수 있다. 취업포털 사이트 잡코리아가 최근 발표한 자료에 따르면 직장인 10명 중 6명이 퇴사를 고민하고 있고, 그중 52.1%가 퇴사하고 싶은 이유로 '낮은 연봉'을 꼽았다. 직무 만족도가 낮다는 이유가 30.2%로 그다음을 차지했다. 퇴사 사유 1위가 결국 '돈'인 셈이다.

개개인이 직장생활에서 가치를 두는 지점은 다르다. 돈벌이의 목적이 회사생활의 전부인 사람도 있고, 그렇지 않은 사람도 있다. 하지만 적은 급여가 아닌, 부당하다고 느낄 만큼 낮은 급여라면 누구에게나 퇴사 사유가 된다. 보람과 성취감은 노동의 대가인 돈과는 별개로 열심히 일했을 때 얻을 수 있는 기쁨이다. 희생정신을 발휘해 봉사를 계속할 마음이 아니라면 정당한 돈으로 대가를 지불하지 않는 회사를 위해 일할 이유는 없다.

열정이란 것도 건강하고 정상적인 환경에서 유지될 수 있는 게 아닐까. 열정적인 사람은 자연히 반짝인다. 그 반짝이는 열정이 빛바래지 않고 오래 유지되는 비법은 노동을 정당한 보수로 인정받는 것이다.

더 나은 내일을 위해 투쟁하는 시간

9

가장 소중한 존재와
보내는 시간

광고기획자인 B과장은 온라인 광고회사에서 커리어를 시작했다. 첫 직장은 한국의 1세대 온라인 광고기획사로, 90년대 후반에 설립되어 그녀가 입사한 지 3년 후인 2000년대 후반에 문을 닫았다. 회사가 폐업해 원치 않게 이직을 해야 했지만 그곳에서 유능한 상사에게 온라인 미디어와 광고매체에 대해 많은 것을 배웠다. 이후 그녀를 아끼던 상사가 다른 직장에 가서 스카우트 제안을 했고, 그녀는 두 번째 직장으로 자리를 옮겨 서른 즈음까지 광고기획자로 커리어를 쌓았다.

세 번째 몸담았던 직장은 영상광고 대행사. 그녀가 입사한 당시 회사는 신규 매체 개발에 힘을 쏟고 있었다. 기존 매체와 광고주가 계속되리란 보장이 없으니 회사의 생존을 위해 신규 매체를 만드는 일이 시급했다. 그녀는 회사의 미래 먹거리를 찾는 기획팀에 투입됐다.

그런데 실제로 일을 해나가다 보니 업무량과 진척되는 속도에 비해 팀의 인력이 불필요하게 많다는 생각이 들었다. 자신이 그중 한 명이라는 생각에 그녀는 몹시 불편했다. 당시 대리급 직원으로 적지 않은 연봉을 받았지만 매일 비

가장 소중한 존재와 보내는 시간

생산적인 시간을 버티고 있는 것 같았다. 그곳에서 더 배우거나 확장해나갈 수 있는 부분이 무엇일까 생각해봐도 결론이 나지 않았다. 결심이 굳어졌다. '쳇바퀴처럼 돌아가는 조직에서 무의미하게 버티지 말고 회사를 그만두자.' 업무 강도가 세지 않아 일로 인한 스트레스는 적었으니 마음먹기에 따라 충분히 더 다닐 수도 있었지만 그녀는 그러고 싶지 않았다. 비전이 보이지 않는다는 사실이 결국 등을 돌리게 만들었다.

회사를 그만둔 직후, 마침 그 직장에서 독립해 광고 대행사를 차린 광고부 부장으로부터 연락이 왔다. 전 직장에서 받던 연봉 수준을 맞춰줄 테니 기획 파트만 맡아서 도와달라는 거였다. 그는 직접 영업을 뛰는 작은 회사의 대표답게 명료한 제안을 해왔다. 능력 있는 대표와 함께 일대일로 일하는 구조였고, 서로 손발이 잘 맞는 업무 파트너라는 사실은 이미 알고 있었다. 선뜻 제안을 받아들여 과장 직급을 달고 일하기 시작했다. 퇴사 후 거의 쉬지 못하고 직장생활을 이어가게 됐지만 전 직장과 비교했을 때 합리적으로 업무가 진행되는 느낌이었다. 무엇보다 일을 할 때 마음이 편했다. 대표가 타깃으로 삼은 회사에 보낼 광고기획서를 만들고 가끔 광고주와의 회의에 참여하는 등 성과를 내기 위해 효율적으로 근무했다. 야근이나 워크숍 등에 시간을 쓰는 일은 일절 없었고, 업무 시간에 집중해 일하고 눈치 볼 것 없이 제 시간에 퇴근하는 나날. 그러는 동안 결혼도 했다. 신혼집에서 출퇴근하기 조금 멀다는 것 말고는 일과 가정생활을 병행하는 데 무리가 없었다.

문제는 대표의 친동생이 입사하면서 시작됐다. 그녀보다 나이가 많은 그는 차장 직급을 달고 입사했는데 천성이 매우 선한 사람이지만 마치 사회생활을 처음 하는 듯 모든 일에 서툴렀다. 대표는 그를 데리고 다니며 영업맨으로 키워볼 생각이었지만 그는 영업할 능력이 없어 보였다. 회의에서 엉뚱한 말을 하기 일쑤였고 광고주와 커뮤니케이션을 잘못해 거의 다 성사된 일이 무산된 게 한두 번이 아니었다. 당연히 그녀와 업무적으로 부딪히는 일도 잦았다. 조직 구조상 차장인 그가 상사였지만 그는 어떤 면에서도 상사는커녕 믿고 일할 수 있는 동료조차 되지 못했다.

답답한 차장 때문에 속앓이를 하며 혼자 화를 삭이기를

가장 소중한 존재와 보내는 시간

반복하다 크게 싸우는 일까지 발생했다. 결국 대표에게 괴로움을 토로했는데 대표도 모든 상황을 잘 알고 있었다. 대표는 차장이 광고 영업을 할 능력과 가능성이 없다고 판단하고 대신 사무실 관리와 서무 업무를 포함한 회사의 여러 잔일을 시켰다. 결과적으로 차장은 영업직에서 내근직이 되어버렸고 그녀는 차장과 같은 공간에서 계속 근무해야만 했다. '착하지만 일 못하는 사람'이 주는 스트레스는 상상 이상이었다. 지난 시간을 돌이켜 생각해봐도 사람 때문에 그렇게 괴로워한 경험은 사회생활을 시작한 뒤 처음이었다. 본래 뭔가를 마음에 쌓아두지 못하고 누군가를 많이 미워하지 못하는 성격이었지만 어느새 그녀의 마음에는 차장에 대한 미움이 가득 차 있었다.

그러던 어느 날 임신 사실을 알게 됐다. 임신이라니. 겪어보지 못한 인생의 새로운 챕터가 시작되는 것 같은 설렘에 마음이 벅차올랐다. 당분간 일보다는 태교에 전념하고 싶었다. 입사한 지 1년 반이 지난 시점이었다. 먼 거리를 출퇴근하며 사람 때문에 스트레스를 받는 것은 당연히 태교에 도움이 되지 않을 터. 마음을 정하고 퇴사 의사를 밝히자

184

대표는 임신 상태로도 충분히 근무할 수 있도록 배려해주고 싶어 했다. 그러나 그녀는 그만두고 싶다고 진심으로 이야기했다. 그렇게 그녀는 30대 초반에 직장생활을 마무리했다.

퇴사 후 그녀는 즐거운 시간을 보냈다. 남편이 출근하면 도서관에서 임신과 태교 관련 도서를 찾아보며 시간을 보냈고, 아기가 태어나기 전에 부부만의 시간을 좀 더 누리기 위해 제주도와 일본으로 여행도 다녀왔다. 모든 임산부가 그렇진 않겠지만 그녀는 만삭이 될 때까지 많이 움직이고 사람들을 만나며 여기저기 돌아다녀도 괜찮은 체질이었다.

퇴사한 지 5개월쯤 지나 출산일이 다가올 즈음 첫 직장에서 좋은 멘토였던 상사로부터 연락이 왔다. 한 식품회사의 온라인 광고와 마케팅 일을 맡아서 진행하려 하는데 함께 일하지 않겠느냐는 제안이었다. 그녀가 해야 할 일은 브랜드의 블로그와 카페, SNS 계정을 운영하는 것으로, 충분히 재택근무가 가능했다. 집에서 프리랜서로 근무하면서 한 달에 한 번 본사의 광고팀과 회의를 하는 조건. 그 회의도 출산 후 3개월이 지나 갖는 것으로 얘기가 됐다. 그녀는 우

185

선 온라인으로 일을 시작했다.

아기가 태어난 후에는 예상했듯 완전히 다른 일상이 시작됐다. 모든 게 아기 중심으로 돌아갔다. 양가 부모님이 가까이 계시지 않아 도움을 받을 수 없었다. 지방에 있는 친정에서 산후조리를 마치고 서울에 올라온 뒤론 온전히 그녀가 아기를 돌봐야 했다. 프리랜서로 맡은 일이 그나마 품이 많이 들지 않는다는 게 다행스러웠다. 온라인 홍보와 프로모션을 하고, 온라인 이벤트를 진행하는 일은 회원수가 늘면서 꽤 성과가 있었다. 그에 대한 보고서를 작성하는 것도 어렵지 않았다.

그리고 마침내 월례회의 날짜가 다가왔다. 광고주가 월마다 회의와 리포트를 요구하는 것은 매우 당연한 일이다. 그녀는 최대한 프로페셔널한 직장인으로 보이고 싶었다. 중소기업 인사과에서 근무하는 남편은 그녀가 미리 회의 날짜를 잡으면 매달 그날에 맞춰 휴가를 내겠다고 했다. 남편의 협조로 외출할 수 있는 여건이 마련됐지만 그래도 신경써야 할 것이 많았다. 자신이 없는 동안 남편과 아기가 먹을 음식을 챙겨놓고, 그래도 마음이 놓이지 않아 남편이 아기를 잘 돌볼 수 있도록 이런저런 주의사항을 알려줬다. 또 모유수유를 하고 있던 때라 유축기로 최대한 젖을 짜놓고 나갔다. 그럼에도 불구하고 집에 돌아올 즈음이 되면 가슴이 퉁퉁 부어 아팠다. 한 번의 외출도 큰일이었다.

오전에 집을 나서 회사가 있는 수원까지 갔다. 회의를 하고 돌아오면 오후, 남편과 아기가 집에서 잘 있는 모습을 봐야 안심이 됐다. 그렇게 매달 한 번씩 회의를 하며 재택근무로 일한 지 2년이 넘었을 무렵, 둘째가 생겼다. 하나를 키우는 일과 둘을 키우는 일은 완전히 다르게 느껴졌다. 재택근무로 할 수 있는 일이고 가정경제에 부수적인 수입도 되니 가능하면 계속 일하고 싶었다. 회사에서도 계속 함께 일하자고 했다. 하지만 둘째가 태어난 후에는 아무리 한 달에 한 번이라도 두 아이를 맡기고 회의를 참여하는 게 어려울 것 같았다. 배려를 받더라도 폐를 끼칠 법한 상황이 발생할 것 같아 출산 직전까지만 일하기로 했다.

그 무렵 B과장의 고민은 한국사회의 많은 '일하는 엄마들'의 고민과 비슷했다. 일과 육아라는 두 가지 일을 한꺼번에 한다는 것은 현실적으로는 적당한 직장인이자 적당

가장 소중한 존재와 보내는 시간

한 엄마가 되는 것을 뜻했다. 둘 다 잘하기 힘들다는 이유로 둘 다 적당히 하기는 싫었다. 그럴 바에는 하나에 집중하자는 생각이었다. 어떻게든 다른 사람의 도움을 받아 육아를 하고, 회사로 돌아가 다시 4대보험의 혜택을 받는 직장인의 삶을 사는 선택지도 있었지만 아무래도 좋은 선택이 아닌 것 같았다. 아이를 맡기고 직장으로 복귀했을 때 가족 모두가 행복할까. 스스로에게 질문해보니 답은 명확히 'No'였다. 그렇게 마음먹으니 커리어가 아쉽지는 않았다.

자유가 없는 데 대한 아쉬움은 있었다. 아이들의 일상에 몸이 매여 있고 앞으로도 한동안은 매여 있어야 하는 삶. 자신만을 위해 자유롭게 쓸 수 있는 시간이 늘 부족했다. 하지만 한 가지 길을 선택하면 그에 따라 포기해야 하는 것들이 있다. 어떤 경우라도 기회비용은 발생하는 법이다. 만약 결혼을 하지 않았다면, 혹은 '노키즈'를 외치는 부부들처럼 아이를 갖지 않았다면 어땠을까. 그렇다 해도 뭔가를 하면서 재미있게 살고 있을 것 같았다. 그렇다고 그녀는 자신의 선택을 후회하지도 않았다. 하지만 앞으로 10년 정도 지나 아이들이 중학생이 되어 다시 자유로운 시간이 생길 때를 상

190

상하면 자신만의 전문적인 일이 필요할 것 같았다.

둘째가 젖을 뗄 즈음, 무력감이 찾아왔다. 몸과 정신이 매우 건강하고 긍정적인 마인드를 유지하며 산다고 자부해온 그녀였지만 주위의 전문직 친구들과 스스로를 비교하며 '나는 뭐 하고 있나' 생각하는 순간들이 있었다. 그럴 때면 두 아이를 키우고 알아가는 것은 정말 대단한 과정이라는 생각을 하며 마음을 다잡았다.

하지만 무력감은 육아와는 별개로 스스로의 내면에서 밀려왔다. 자기계발이 멈춰버린 느낌이었다. 첫아이를 키우며 프리랜서로 일했을 땐 괜찮았는데, 일을 완전히 놓으니 자존감이 낮아지고 종종 우울해졌다. 남편이 그런 상황을 눈치챘는지 그녀에게 공부를 해볼 것을 제안했다. 뜻밖에도 남편이 권한 것은 공인중개사 공부. 그녀가 아주 잘할 것 같다는 게 이유였다. 한 번도 생각해본 적 없었지만 남편의 권유로 진지하게 생각해보니, 광고 쪽 일을 프리랜서로 오래 계속하는 데는 한계가 있을 것이고, 공인중개사라면 앞으로 자신의 업으로 삼을 수도 있을 것 같았다.

본격적인 공부를 시작한 건 둘째가 두 돌이 지나 어린이

189

집에 다니기 시작했을 때였다. 조금이나마 혼자만의 시간을 가질 수 있어 6개월간 틈틈이 공부해 1차 시험에 합격했다. 2차 시험은 1년 뒤에 보기로 했다. 공인중개사 공부라는 것이 공법, 민법, 세법 등 주로 법 분야의 공부라 공부 시간이 부족했다. 집안일을 하다 보면 오전 시간이 다 지나갔고, 두 시간 가까이 공부하고 나면 아이들을 데리러 가야 했다. 그때부터는 다시 아이들을 위한 시간. 놀이터에 가자고 하면 같이 가고, 돌아와서 저녁을 준비하고, 그러다 보면 재워야 했다. 그때부터 다시 책을 들여다본다 해도 하루에 도합 세 시간 정도 공부할 수 있는 셈이었다.

그녀의 남편은 2차 시험을 준비하는 데 도움이 되고 싶다며 6개월간 육아휴직을 냈다. 2차까지 합격하면 자격증을 취득하고 실무교육을 받은 뒤 직접 사무소를 차릴 수 있다. 처음에 남편이 권했을 때만 해도 상상이 잘 되지 않았지만 공부를 하면서 구체적인 그림이 그려졌다. 사람들이 쉽게 드나들 수 있는 카페 같은 분위기의 공인중개사 사무소를 열고 싶다는 꿈도 생겼다. 그녀는 남편과 함께 두 아이를 키우며 현재 2차 시험을 준비하고 있다.

명문대를 졸업하고 온라인 광고업계에서 단단한 커리어를 쌓던 B과장. 그녀가 육아를 위해 일을 그만둔 것을 두고 경력이 아깝다고 말하는 이도 있었다. 하지만 그녀는 언제나 일은 삶을 위한 하나의 도구라 생각해왔다. 자신과 가족의 행복을 최우선 가치로 두고 생각해 보니 퇴사가 가장 자연스러운 선택이었다.

그녀는 육아를 하면서 배우는 것이 너무도 많고 예전보다 성숙한 마음으로 사회를 바라보게 됐다고 고백한다. 단순히 내 아이니까 잘 키워야 한다는 생각을 넘어서, 이 아이를 나중에 사회에 내보내야 하는데 어떻게 해야 자존감 있고 인성 바른 사람으로 키울 수 있을까 생각해보는 시간이 많았다. 이를 위해 부모의 역할이 가장 중요하다고 생각해 관련 강의가 있을 때마다 부지런히 찾아 듣고 실천했다. 아이 키우는 시간을 헛되이 보내고 싶지 않았다. 일 대신 선택한 육아에 최선을 다하고 싶었다.

아이를 키우며 그녀 자신도 성장했다. 큰아이가 네 살이 됐을 무렵 숲 체험 프로그램을 신청해 참여한 것이 계기가 됐다. 아이들과 함께 돌을 줍고 자연 속에서 시간을 보내는, 그 밖엔 특별할 것이 없는 수업. 달리 배울 게 없다는 이유로 중간에 빠지는 사람들도 있었지만 그녀는 이 숲 체험 프로그램을 통해 중요한 것을 알게 됐다. 바로 아이를 지켜보고 기다려주는 시간이 필요하다는 것. 그동안 아이를 대할 때 어른의 잣대로 해석하고 제지하고 자만했던 부분이 있었다는 걸 깨닫자 아이를 통해 이렇게나 많이 배우고 있다는 사실이 새삼 감사했다.

그녀는 숲 체험 프로그램을 운영하는 어린이집에 관심을 갖고 찾아가본 뒤 일반 유치원이나 어린이집과는 완전히 다른 환경에 충격을 받았다. 대안교육을 만들어가는 교사협동조합에서 운영하는 그곳은 자연을 터전으로 한 예쁜 공간으로, 장난감이 없는 대신 돌멩이와 소라껍데기, 나뭇가지가 있는 곳이었다. 그녀와 남편은 추첨을 통해 어렵게 들어가야 하는 다른 유치원 대신 큰아이를 그곳에 보내기로 했다. 부모의 가치관이 그곳의 교육 가치관과 맞아야 한다는 조건이 있어 마치 입사지원서처럼 아이의 기질에 대해 자세히 기록한 서류를 제출하고 부모가 함께 면접을 보는 과정을 거쳐야 했다. 사교육을 일절 하지 않겠다는 각서까지 쓴 뒤 아이를 그곳에 보내게 됐다.

그 뒤에도 종종 부모수업에 참여하며 그 나이 아이에게 해서는 안 되는 교육이 있다는 것, 아이의 먹고 자고 노는 생활리듬을 맞춰주는 것으로 충분하다는 것, 아이를 그 자체로 인정하고 기다려주어야 한다는 것을 배워나가고 있다. 덕분에 아이들의 교육에 집착하지 않겠다는 마음이 더욱 확고해졌다. 한국사회에서 주변의 교육 열풍에 휩쓸리지 않고 엄마로서 중심을 잘 잡는 일은 시간이 흐를수록 더욱 어려워지겠지만 그녀는 그 과정을 겪어나가보려 한다.

남편의 육아휴직 덕분에 네 식구가 함께 보내는 시간이 많아진 것도 기쁜 일이다. 엄마 품과 아빠 품의 역할이 다르고 부모가 함께 있을 때 아이들이 더 안정적으로 성장한다고 느낀다는 그녀. 현재의 행복한 일상은 회사에 헌신하는 것보다 가정이 더 중요하다는 가치관이 남편과 잘 맞았기에 가능했다. 그녀는 퇴사 후 두 아이를 키우며 사회를 바라보는 시야가 넓어지고 스스로도 성장하고 있다는 걸 실감

가장 소중한 존재와 보내는 시간

한다. 그녀에게 두 우주를 키우고 알아가는 육아는 충분히 가치 있고 소중한 시간이다. 어떤 면에서는 회사에서 쌓는 커리어와 비교할 수 없을 만큼.

회사 그만두고 어떻게 보내셨어요?

Think — 시간

새 옷을 입었을 때 잘 맞지 않는다는 느낌이 들면 어떻게 해야 할까. 분명히 매력적인 부분이 있어 선택했지만 막상 입고 나갔을 때 불편한 느낌이 든다면. 처음엔 어색함이 사라지는 데 시간이 필요하리라 생각하며 견딜 수 있다. 하지만 그것이 잘못된 선택이었다는 걸 깨닫고 시간이 흐를수록 그 사실이 분명해진다면, 잘 맞지 않는 옷을 입고 보내는 시간은 불편함을 넘어 벌을 받는 것처럼 괴로운 시간이 될지 모른다. 다시 옷을 갈아입을 수 있을 때까지 그야말로 버티는 시간이 계속된다.

이직을 해본 직장인들은 바뀐 환경과 새로운 사람들에게 적응하는 데 어느 정도 시간이 필요하다는 걸 알고 있다. 그리고 그 적응 시간을 조금이라도 단축시키고 업무 효율을 높이려 노력한다. 전 직장과 다른 조직문화를 이해하고, 이미 적응해서 지내고 있는 사람들 사이에서 동화되려 애

회사 그만두고 어떻게 보내셨어요?

쓰며, 새로운 사무실에 흐르는 낯선 공기에 익숙해지기 위해 남들 모르게 고군분투한다. 과연 이직이란 대단한 에너지가 필요한 일이다. 밖에서 보던 회사와 내부에 들어와서 겪으며 알게 된 회사는 꽤 차이가 있게 마련이며, 그 차이가 클수록 더 많은 에너지가 소모된다. 막상 들어와 보니 상식에서 벗어난 업무환경이 펼쳐져 있는데, 이미 그 속에서 일하고 있는 사람들은 환경에 무뎌져 이상한 것을 이상하다고 느끼지 못한다. 그럴 때 이직한 당사자는 말 못 할 고민과 혼란에 빠진다.

그런데 시간이 많이 지나도 적응할 수 없는 부분이 있다. 아니, 적응해서는 안 되는 것들이 있다. 일과 직장에 대한 개인의 가치관에 반하는 회사를 만났을 때가 그렇다. 빠르고 효율적으로 일하며 퇴근 후의 시간을 누리던 사람이 이직 후 눈치만 보며 성과 없이 시간을 흘려보내는 조직의 구성원이 됐다면 본인이 그 조직을 개선하지 못하는 이상 떠나는 것이 최선의 결정일 것이다. 월급을 받는다는 이유

가장 소중한 존재와 보내는 시간

만으로 무료하고 비생산적인 방식으로 계속 일한다면 종국에는 그럴듯한 커리어도 만들지 못한 채 지나간 시간을 아까워하며 퇴사하게 될 것이다.

오너의 가족이란 이유로 무능한 직원이 들어와 있는 조직에서도 마찬가지다. 능력을 갖춘 이들이 적재적소에 배치된 건강한 가족경영 회사도 있지만 작은 규모의 회사일수록 그런 바람직한 경우는 찾기 힘들고, 오히려 오너의 가족이 다른 직원들의 업무에 피해를 주거나 사무실의 분위기를 해치는 경우가 많다. 부조리와 비효율이 느껴지는 조직이 자신이 있을 곳이 아니라는 판단이 확실히 선다면 버티는 사람들 속에서 함께 버틸 필요는 없다. 맞지 않는 옷은 더 늦기 전에 벗어야 한다.

최근 한 지인이 이직한 회사에서 2주 만에 퇴사했다. 대기업 네 곳을 거치며 20여 년간 커리어를 잘 쌓아온 그녀가 그토록 빨리 퇴사를 결정하다니. 이유를 듣고 고개를 끄덕였다. 그녀는 짧지만 분명하게 낡고 비합리적인 조직문화를

회사 그만두고 어떻게 보내셨어요?

경험했고 따라서 그곳에 적응할 필요를 느끼지 못했다고 했다. 큰 회사였기에 이제 막 입사한 한 개인이 나서서 바꿀 수 있는 문제도 아니었다. 그녀가 한 말이 잊히지 않는다. '나이가 들수록 시간이 중요하다. 그곳에 있는 시간이 아깝다는 생각이 든 순간 단 하루도 더 버티기 싫었다.'

버티는 시간은 무엇을 남길까. 혹시 낮아진 자존감, 무기력감은 아닐까. 자신이 있을 곳이 아니라는 걸 알면서 보수에 비해 일이 힘들지 않다는 이유만으로 하루하루 보내다 어느 순간 이 무기력감과 마주한다면, 그것을 치유하는데 꽤 많은 시간이 걸릴 것이다. 나이가 들고 사회 경험이 쌓일수록 자신의 가치관에 반하는 회사로부터 등을 돌리는 결정과 판단은 빨라져야 한다. 그 이유는 한 가지, 우리의 시간은 소중하기 때문이다.

가장 소중한 존재와 보내는 시간

10

감성을 따라가보는 시간

음악을 사랑하는 C씨의 직업은 영양사다. 어린 시절 재능 있다는 이야기를 들으며 피아노를 쳤고 콩쿠르에 나가 상도 많이 탔지만 계속 레슨을 받을 만한 형편이 아니라 피아노학원을 다닌 건 초등학교 3학년 때까지. 대학에 진학할 땐 피아노 다음으로 좋아하는 것이 무엇일까 고민하다 음식과 관련된 전공을 선택해 식품영양학과로 갔다. 졸업 후 진로가 보장된 학과였다. 국가고시를 거쳐 영양사 자격증을 받았고, 담당교수가 권하던 보육교사 자격증과 위생사 자격증까지 취득했다. 그리 열심히 했다고는 할 수 없지만 남들이 하는 만큼 착실히 취업 준비를 했다.

졸업 후에는 급식위탁업체에 입사해 영양사로 직장생활을 시작했다. 회사에서 급식서비스를 제공하는 거래처에 영양사를 파견하면 현장으로 출퇴근해 근무하는 식이었다. 처음에는 인턴으로, 선임 영양사의 보조 역할을 했다. 인턴 기간이 끝나면 회사의 다른 거래처로 정식 발령이 나는 방식이었는데 마땅한 자리가 없으면 계속 대기 발령 상태로 기다려야 했다. 회사에서는 상대적으로 경력이 적은 신입 영양사들을 주로 지방으로 발령했다. 지방에서 1, 2년간 근무

203

하게 하고 그곳에서 못 버티면 그만두라는 식이었다. C씨가 인턴 기간이 끝난 뒤 정식으로 발령받은 곳도 대전이었다. 그녀는 아무런 연고도 없는 곳에서 직장생활을 할 마음이 없어 인턴 생활만 마무리하고 다른 회사로 이직했다. 아쉽게도 전 직장에서의 인턴 경험을 경력으로 인정받지 못해 다시 9개월간 한 은행의 구내식당에서 인턴과 수습사원으로 근무했다. 그 뒤 경기도에 있는 지방검찰청으로 발령받고 비로소 정식 영양사로 일을 시작했다.

한 달치 식단을 짜고 아침마다 식재료를 검수하며 재료를 발주하는 일은 영양사의 업무 중에서도 가장 기본적인 일이다. 그건 별로 힘들지 않았다. 부담스러운 건 고객사의 요구를 반영해 조율하고 조리원들을 관리하는 일. 그녀가 근무하는 지검에서는 식사비가 3천 원이 채 되지 않았지만 반찬에 대한 요구사항이 많았다. 적자가 나지 않도록 식단을 구성하면서 각종 요구에 최대한 맞추는 일은 무척 까다로웠다. 게다가 검사장과 부장들이 모여 식사하는 날엔 특식을 마련해야 했다. 별도의 공간에서 1인 1식을 준비하는데 그럴 때는 영양사가 직접 식사 자리에 나가 현장을 관리

회사 그만두고 어떻게 보내셨어요?

하고 있다는 인상을 심어줘야 했다. 일반 회사와 달리 겨우 서른 즈음인 영양사가 40, 50대 조리원들의 관리자 역할을 해야 하니 가끔 감정적으로 힘든 상황이 발생하기도 했다. 성격이 활달하고 사람 대하는 일에 자신 있던 그녀였지만 그럴 때마다 지치고 회의감이 들었다.

그녀가 근무하던 지점은 1년이 지나자 회사와의 계약을 해지했다. 통상 1년 이상은 계약하는 편이지만 낮은 식사비에 비해 더 많은 특식과 퀄리티 높은 식사를 요구하는 통에 마찰이 생긴 것이 주된 이유였다. 회사에서는 그녀를 다른 곳으로 파견하려 했지만 집에서 출퇴근할 만한 거리에는 적당한 자리가 나지 않았다. 그녀에게는 출퇴근 시간이 지나치게 길어도 안 되고 야근이 많아서도 안 된다는, 직장에 관한 자신만의 원칙이 있었다. 한동안 회사에 소속되지 않고 대체 영양사로 일해보기로 했다. 여자들이 대부분인 직종이니 임신이나 육아로 공석이 된 곳에서 대체 영양사로 일할 수 있는 기회가 많았다. 자신의 직업에 대한 큰 자부심은 없었지만 파트타임 근무나 대체 근무를 할 수 있다는 것은 분명한 장점이었다.

감성을 따라가보는 시간

1년간 한 철도회사에서 대체 영양사로 근무한 그녀는 근무 기간이 끝나자마자 결혼했다. 결혼 후에도 맞벌이를 하고 싶었기에 회사에서 어느 연수원의 풀타임 영양사 자리를 제안했을 때 선뜻 가겠다고 했다. 그런데 곧 임신 사실을 알게 됐다. 일을 하던 도중이 아니라 임신을 한 상태로 첫 출근을 하게 됐으니 회사에 먼저 알려야 할 것 같았다. 매일 음식 간을 보는 것이 영양사의 일이라 임신 초기에는 힘들어 그만두는 사람이 많았다. 회사 쪽에서도 임신한 직원을 아이를 낳으면 곧 그만둘 사람으로 생각하는 것이 일반적이었고, 빈자리가 생기면 쉽게 다른 영양사를 구했다. 아니나 다를까, 그녀가 상황을 설명하자 회사에서는 '그래도 해보라'고 권하지 않았다. 서로가 합의해 자연스럽게 퇴사가 결정됐다.

시간이 생기자 그녀는 다시 음악에 매진했다. 그녀는 유치원 때부터 피아노를 유독 잘 쳤다. 초등학교 때는 학교 대표 반주자로 행사 때마다 연주했다. 피아노학원을 그만둔 이후에도 교회에 가서 피아노를 쳤고, 중·고등학교 때는 특별활동으로 스쿨밴드에 들어가 건반을 맡았다. 레슨을

회사 그만두고 어떻게 보내셨어요?

받지 않아도 다른 사람들이 치는 걸 보고 따라 하면서 금세 배워나갔다. 기회가 있으면 어디서든 연주했고 실력이 돋보이니 중요한 연주 자리를 도맡을 수 있었다. 정식으로 레슨을 받았다면 아마도 클래식 연주자의 길을 걸었을 것이다. 그녀는 그러지 못한 대신 밴드 활동을 하면서 클래식을 제외한 다양한 장르를 망라했다.

직장생활을 시작한 뒤에도 연주할 수 있는 기회를 찾아보다 약 3백여 명이 60여 개의 밴드를 만들어 활발히 활동하는 직장인 밴드 동호회가 있다는 걸 알게 됐다. 나가보니 건반주자가 매우 귀했다. 가장 흔할 것 같지만 의외로 찾기 힘들어 '금건반'이라 불릴 정도였다. 전공자들은 아예 밴드에 관심을 두지 않았고, 어린 시절에만 피아노를 배운 사람들은 밴드에서 연주할 정도의 실력이 안 됐다. 성인이 된 이후 취미로 악기를 연주하는 사람들은 건반보다 무대에서 더 돋보이는 기타를 선호했다. 그녀는 전공자가 아니면서도 건반 연주 실력이 뛰어난 특이한 경우였다. 이런 이유로 동호회에 들어가자마자 여러 밴드에서 러브콜을 받았고 쉽게 팀을 결성했다. 그렇게 몇 년간 가요, 메탈, 록 등 다양한 장

감성을 따라가보는 시간

르를 연주했고 편곡 연주도 많이 했다.

회사를 그만두고 밴드 활동을 더 열심히 했다. 합주하러 가기 전에 집에서 꾸준히 연습하며 세부적인 부분에 집중하니 실력이 더 좋아졌다는 이야기를 들었고 그녀 자신도 연주의 질이 높아지는 걸 느낄 수 있었다. 사실 밴드에서 건반의 입지란 없으면 아쉬운 정도지만 멤버들이 그녀의 실력을 인정할수록 점차 건반의 비중이 높아졌다. 합주를 할 때 키와 구성, 스타일을 바꾸면서 함께 편곡을 하는데 그 과정에서 건반 솔로가 많아지는 식이었다. 그녀의 밴드는 공연 기회가 있을 때마다 적극적으로 참여했다. 펜타포트 록 페스티벌에서 주최하는 직장인 밴드 공연에 선정돼 연주 기회를 얻기도 했다. 직접 대관해 연주하는 게 아니라 선택된 사람들만 설 수 있는 무대에서 연주료를 받고 공연한 특별한 경험이었다.

그녀와 남편은 취미생활은 달랐지만 서로의 활동을 지지해줬다. 그녀는 음악, 남편은 스포츠. 부부는 예체능 분야에서 아마추어를 넘어 프로의 실력에 가까워질 정도로 열심히 했다. 아이를 낳은 뒤에도 각자 시간과 여력이 허락되는 한 활동을 계속했다. 남편은 그녀가 실용음악과에 가고 싶어 했을 만큼 재능 있다는 걸 알기에 합주를 하러 가는 날마다 아이를 돌보며 지원해줬다.

밴드에서는 또래의 다양한 사람들과 어울릴 수 있었다. 회사에 다닐 땐 직업의 특성상 현장에서 함께 일하는 또래 동료들이 거의 없었기에 밴드 활동을 하며 비로소 인간관계를 만들어가는 것 같았다. 아이가 다니고 있는 어린이집의 엄마들과 이야기해보면 경력단절이 되어 사회생활을 전혀 하지 못하는 이들이 많았다. 엄마들은 그녀가 밴드 합주를 하러 가고 그곳에서 많은 사람들과 어울리는 걸 부러워했다. 그녀는 그들에게 취미생활을 해보라고 권했지만 아이를 키우면서 자신의 취미생활을 위해 돈을 쓰는 걸 사치라 생각하는 이들이 대부분이었다. 그런 이야기를 들을 때마다 그녀는 안타까웠다.

그녀는 퇴사를 하고 얼마 뒤에 학원에 등록해 20년 만에 다시 피아노 레슨을 받기 시작했다. 블루스를 연주하는 팀에서 건반이 필요하다고 해서 도와주러 갔다가 자신이 제대로 할 수 없는 음악이라는 걸 알고 충격을 받았던 것이

감성을 따라가보는 시간

계기였다. 하다 보면 가능할 줄 알고 합주를 몇 차례 했지만 연습을 거듭해도 잘되지 않았다. 그녀에게 블루스 피아노는 처음부터 배워야 하는 새로운 기술이었다. 연주해야 할 곡을 들고 재즈와 블루스를 함께 가르치는 실용음악학원에 찾아갔다. 초등학교 3학년 때까지 배웠던 건 클래식 피아노였고 이후에는 제대로 배운 적 없이 교회 반주와 밴드 활동을 계속해왔을 뿐, 늘 잘한다는 소리를 들어도 사실은 기초가 부실한 상태였다. 난이도가 높은 밴드 곡도 어느 정도 카피해 그럴듯하게 칠 수 있었지만 코드를 사용해 제대로 편곡하려 하면 응용할 만한 이론이 부족했다.

블루스의 기초 음계부터 연습하면서 앞으로 재즈 피아노를 본격적으로 배우고 화성학까지 공부할 계획을 세웠다. 재즈에 대한 지식이 없으니 완전히 처음부터 시작한다는 마음가짐이었다. 어린 시절 원치 않게 중단했던 피아노학원에 대한 갈망이 늘 남아 있었는데 블루스가 다시 길을 열어준 셈이다. 처음으로 음악을 '파고든다'는 기분이 들었다. 실용음악학원의 성인 취미반에서도 역시 그녀는 잘하는 편이었다. 밴드 멤버들도 '네가 왜 새삼스럽게 학원에 다니느

회사 그만두고 어떻게 보내셨어요?

냐'는 반응이었다. 하지만 그녀는 일반인 중에서 잘하는 수준이 아니라 음악적으로 깊이 있는 수준으로 연주하고 싶었다.

학원에 다녀보니 단순한 리듬인데도 지금까지 해왔던 음악과 달라 못 치는 게 있었고, 배우지 못해 못 치는 게 있었다. 모르는 것을 알게 되는 게 뿌듯했고 무엇보다 재미가 있었다. 회사를 그만둔 뒤 아이를 낳아 키우고 집안일만 하는 게 아니라 학원에 와서 새로운 걸 배우고 있다는 사실도 기뻤다. 디지털 피아노를 사서 밴드 음악 말고도 혼자 연주하기 좋은 뉴에이지음악과 영화음악 곡들도 연습했다.

그녀는 본래 무대를 좋아했다. 낯가림이 없는 '무대 체질'이라 어렸을 때는 꼭 피아니스트가 아니라도 연예인이나 가수가 되고 싶었다. 예술적 감성이 풍부했던 사람이 다른 분야의 직업을 선택했고 그 뒤론 직업에 대한 특별한 열의 없이 정해진 길대로 흘러왔다. 하지만 그 길에서 한 번도 음악을 완전히 놓은 적은 없었다. 그녀는 퇴사를 계기로 자신의 음악을 발전시키려 노력했다. 직업은 아니지만 진심으로 좋아하는 것을 통해 예술적 감성을 깨울 수 있었다.

감성을 따라가보는 시간

피아노를 배우며 그녀는 깨달은 것이 있다. 삶에 활력을 주는 것을 놓지 않고 살아가야 정신적으로 건강한 삶을 누릴 수 있다는 것. 요즘 그녀는 회사 일에서도, 육아에서도 느끼지 못했던 즐거움을 음악을 통해 느끼며 자신을 위한 시간을 누리고 있다.

지금도 대학에 진학할 때 무리해서라도 실용음악과를 선택하고 전문 연주자의 길을 걸었으면 어땠을까 하는 생각을 한다. 그랬다면 지금쯤 홍대 어딘가에서 음악을 하면서 공연을 다니고, 돈을 많이 벌지 못하더라도 뮤지션다운 다이내믹한 삶을 살고 있지 않을까. 직장생활은 그에 비해 너무도 평범한 생활이었다.

잘하는 것, 간절히 하고 싶은 것이 예술일 경우, 그것을 직업으로 삼지 못하고 다른 길을 걷는 이들이 많다. 가장 큰 이유는 돈이다. 재능만을 믿고 수입이 보장되지 않은 길을 선뜻 선택하지 못하는 까닭에 예술가로서의 삶은 이루지 못한 꿈이자 가보지 못한 길로 남곤 한다. C씨는 안정적인 월급을 받을 수 있는 직업을 선택한 대신 자신의 음악적 재능을 발휘할 수 있는 무대를 계속 찾아나갔다. 그리고 지금, 3백여 명에 달하는 직장인 밴드 동호회에서도 자신만큼 활발하게 활동하고 공연을 많이 한 사람은 없을 거라고 자부한다. 일에 지쳤을 때도, 육아에 지쳐 우울해지는 순간에도 음악 활동에서 도움을 받은 것은 물론이다.

그녀는 퇴사 후 육아와 밴드 활동을 병행하며 아이가 15개월이 됐을 무렵 1년간 파트타임 영양사로 일했다. 식단을 짜고 매일 오전 11시쯤 출근해 배식하는 것을 본 뒤 퇴근하는 정도의 짧은 근무시간에 비해 보수가 괜찮았다. 영양사는 전문직이면서도 트렌디하게 변화하는 직종이 아니라 오래 쉬더라도 재취업하는 데 무리가 없고, 경력단절의 위험도 적은 편이다. 지금은 일을 하지 않지만 앞으로 둘째를 낳고 아이가 어느 정도 자란 후에는 정규직 영양사로 취업할 생각이다.

밴드 활동을 열심히 한 것이 재취업에 관한 구체적인 계획을 세우는 데 도움이 됐다고 그녀는 말한다. 퇴사를 하면서 사회적 직함은 사라졌지만 음악을 하며 진정한 '나'로

213

살아간다는 느낌을 받았던 것이 결과적으로 일에도 영향을 미친 것이다. 음악을 통해 다양한 사람들을 만나 이야기를 나누면서 사회생활의 중요성을 절감했다는 그녀. 음악은 그녀가 스스로를 돌아보게 하고, 동기부여를 해주고, 다시 사회로 나가 일해야겠다는 마음을 먹게 해줬다. 예술의 강력한 치유력은 새로운 의욕을 갖기에 충분했다.

214

Think — 커리어

직장생활 15년차. 몇 차례 이직했지만 단 한 번도 제대로 쉬어보지 못한 지인이 있다. 회사를 떠나야겠다는 결심이 들면 이력서를 준비해 다른 회사에 지원하고 면접을 본 뒤 입사가 결정된 이후에야 사직서를 제출했다. 몇 년 만의 이직 때도 퇴사 후 겨우 일주일 정도 쉬다가 새로운 직장에 나가는 식이다. 한 달 이상 푹 쉬거나 긴 여행을 다녀오고 싶어도, 경력자를 채용한 회사 측에서는 대부분 최대한 빨리 출근해주길 원했다.

여유롭게 쉬는 시간을 가지려면 갈 곳을 알아보지 않은 채 퇴사하는 방법뿐. 하지만 그건 마치 우산 없이 빗속으로 걸어나가는 것처럼 어느 정도의 각오가 필요한 일이다. 소속이 없는 상태도 두렵지만 갈 곳 없이 퇴사했다가 다시 원하는 곳에 들어가지 못한 채 한동안 경력이 단절되는 일은 더 두렵게 느껴진다.

회사 그만두고 어떻게 보내셨어요?

직장인의 경력단절 문제는 여성에게 유독 많다. 경력단절여성을 뜻하는 '경단녀'라는 썩 유쾌하지 않는 단어가 등장한 이유는 결혼, 임신과 출산, 육아 등으로 일을 장기간 떠나는 이들이 많기 때문이다. 결혼 후 어쩔 수 없는 상황 때문에 회사를 그만둔 뒤 사회로 돌아갈 용기를 내지 못하거나 적당한 기회를 놓친 여성 인력들의 재취업은 개인의 문제가 아니라 사회구조적인 문제다. 출산과 육아를 거치고 재취업에 성공한 여성들도 예전보다 낮은 연봉을 받는 경우가 흔하다. 여러 가지 면에서 노동시장은 확실히 여성에게 더 불리하다. 육아를 하며 시간을 보냈거나, 자기계발이나 탐색의 시간을 가졌거나, 경력이 멈춘 시간을 단순히 '공백'으로 보지 않는 시각이 필요하다.

그런데 커리어가 끊기는 일은 출산이나 육아 이외의 상황에서도 발생할 수 있다. 퇴사 후 적당한 일을 찾지 못하고 몇 년간 미취업 상태가 지속된다는 것은 생각만으로도 아찔한 일. 그래서 이직이나 다른 일을 꿈꾸면서도 경력단절

감성을 따라가보는 시간

에 대한 걱정 때문에 재직 상태에서 틈틈이 이력서를 넣어 보며 끊임없이 달리기만 하는 이들이 많다. 쉬어가는 시간을 갖지 못한 채 달리기만 하면 뜻밖의 순간에 번아웃을 겪는다. 나 또한 번아웃을 겪으면서도 불안 때문에 사직서를 내기까지 한참의 시간이 걸린 적이 있다. 사무실에서 밤을 꼬박 샌 뒤 새벽 퇴근길에 졸음운전을 하고서야 그만둘 마음을 먹었다. 첫 퇴사였다.

당시 힘든 상황을 버티며 결심을 미룬 것은 스스로에 대한 믿음이 없어서였다. 하지만 그만큼 괜찮은 곳에 갈 수 있을지에 대한 확신이 없다는 이유로 잘못된 현재를 무작정 유지하는 것은 좋은 선택이 아니다. 불안하다면 오히려 미래를 위한 준비를 하고 계획적인 퇴사를 할 수도 있는 일. 그래서 최근엔 '취준생'뿐 아니라 회사를 다니며 퇴사를 준비한다는 '퇴준생'이라는 단어도 등장했다. 회사를 그만두더라도 재취업이나 자기만의 일을 위한 준비과정을 거치는 것이 중요하다. 준비가 되어간다면 다음 커리어에 대한 불

회사 그만두고 어떻게 보내셨어요?

안감이 그만큼 줄어들지도 모른다.

쉬어가는 시간은 분명 필요하다. 한동안 경력이 멈춘다고 우리가 가고 있는 인생길이 멈추는 것은 아니니 말이다. 회사가 만들어놓은 틀 안에 갇힌 걸 모른 채 매일 쳇바퀴 돌 듯 유지하는 생활 속에서는 회사 밖에 다른 삶이 존재한다는 것조차 망각하게 된다. 틀을 벗어나야만 다른 세상을 만나고, 지금까지의 공간과 그곳에서의 삶이 어땠는지 똑바로 바라볼 수 있다.

감성을 따라가보는 시간

에필로그 — 10명이 들려준 10개의 다른 삶

생각에 생각을 거듭한 끝에 회사를 그만두기로 하고 사직서를 제출할 때, 흔히 사표를 '던진다'는 표현을 쓴다. 표현이 실제를 잘 담아내지 못하는 것 같아 좋아하지 않지만, 고백하건대 몇 년 전 출간한 내 첫 번째 책의 소개 문구에 이 표현이 사용됐다. 출판사에서 작성한 문장은 이렇게 시작된다. '다니던 직장에 사표를 던지고……' 그저 회사를 그만두었을 뿐인데, 극적인 묘사에 한동안 내심 민망했다.

이 책을 쓰면서 퇴사를 미화하진 않겠다는 마음가짐을 유지하려 노력했다. 회사에서 갖가지 힘든 일을 겪으면서도 매일 성실하게 직장인의 일상을 살아가는 이들의 노력과 자세를 무의미하다고 말하거나 퇴사를 종용하는 식의 글이 되어서는 안 된다고 생각했다. 마찬가지로 퇴사를 고민하고 있거나 이제 막 회사를 떠난 이들에게 '다 잘될 거야'라는 무책임한 희망을 주는 글을 쓰고 싶지도 않았다. 그래서 인터뷰이들을 만나면서 어떠한 퇴사 과정을 겪었는지 자세히 질문했고, 정성껏 경청했고, 꼼꼼히 기록했다.

봄에 퇴사한 뒤 여름을 보내고 가을을 맞는 동안 10명을 만나 인터뷰를 하고 그들이 들려준 10개의 다른 삶을 이야기로 풀어냈다. 만약 100명을 인터뷰했다면 당연히 100개의 다른 삶을 쓸 수 있었을 것이다. 비슷한 길을 가고 있는 것 같아도 개인이 겪고 느낀 것은 모두 다르고 그 시간은 일반화할 수 없기 때문이다.

'회사 그만두고 어떻게 보내셨어요?' 애초에 정답 없는 질문이었으나 질문을 던지고 얻은 것은 많았다. 그 누구도 자신감이 넘친 상태로 회사를 나온 사람은 없었다. 어디에도 소속되지 않은 상태, 4대보험이 끊긴 상태, 고정적 수입이 없는 상태, 어떻게 진행될지 확신할 수 없는 미래에 대해 모두가 마음 한구석에 두려움을 품고 있었다. 그런 그들은 불안한 시간을 보내며 에너지를 재충전하는 자신만의 방법을 발견하기도 했고, 뜻밖의 길과 인연을 만나기도 했으며, 새롭게 좋아하는 일을 찾기도 했다.

인터뷰를 하면서 어느 순간 내게서 시작된 질문이 자연스레 내게로 되돌아오는 느낌을 받을 때가 있었다. 현장의 공기를 통해 느껴졌다. 퇴사에 대한 이야기로 시작했지만 화제는 다양한 이야기로 확장됐다. 결국 우리가 나눈 이야기는 삶의 태도에 관한 것이었다. 인터뷰를 통해 만난 '일하는 여성들'로 인해, 세 번째 퇴사 이후 또 한 번의 이행기를 지나고 있는 나 자신의 태도에 대해 생각해볼 수 있었다. 그러는 동안 한 가지 확신이 생겼다. 삶이 어디로 흘러가는지 모른 채 어리둥절하게 이 시간을 통과하고 있지만 지나고 나면 보이는 게 있고 얻는 것이 있으리라는. 그래서 그때까지 용기를 가지고 불확실한 이 시간을 담대하게 내 것으로

223

만들어나가보기로 했다.

마지막으로, 이번 작업을 하며 만난 이들로부터 얻은 감동에 대해 고백해야겠다. 13년간 잡지를 만들며 다양한 인터뷰이들을 만났다. 정치·외교 인사들부터 연예인들까지 대부분 잘 알려진 유명인들이었다. 그중에는 말 한 마디 한 마디가 오래도록 마음속에 남는 소중한 만남도 적지 않았다. 하지만 이 책에 사연이 담긴 10명의 인터뷰이들을 만나면서 순간순간 그 어떤 유명인사들과의 인터뷰보다 더 큰 감동을 받았다. 평범한 이들의 위대한 이야기란 이런 걸까. 그녀들을 통해 개인의 인생에선 우리 모두가 주인공이자 승리자라는 생각을 갖게 됐다. 소중한 시간을 내주고 경험을 공유해주며, 그것을 지면으로 담을 수 있도록 허락해준 분들께 진심 어린 감사의 마음을 전한다. 그리고 지금 불확실한 시간을 관통하고 있는 우리 모두를 응원한다.